KB188497

나는 누구인가

형남수 에세이

청어 도서출판

나는 누구인가

형남수 지음

발행처 · 도서출판 **청어**
발행인 · 이영철
영 업 · 이동호
홍 보 · 최윤영
기 획 · 천성래 | 이용희 | 김홍순
편 집 · 방세화 | 이서윤
디자인 · 김바라 | 서경아
제작부장 · 공병한
인 쇄 · 두리터

등 록 · 1999년 5월 3일(제22-1541호)

1판 1쇄 인쇄 · 2014년 3월 5일
1판 1쇄 발행 · 2014년 3월 15일

주소 · 서울시 서초구 효령로55길 45-8
대표전화 · 586-0477
팩시밀리 · 586-0478

홈페이지 · www.chungeobook.com
E-mail · ppi20@hanmail.net
ISBN · 979-11-85482-15-6 (03810)

나는 누구인가

  우리 모두는 행복한 삶, 자기가 원하는 삶을 살고
자 한다. 그러나 막연한 생각만 가지고 있기에 행복
한 삶을 살지 못한다. 수고와 고통만 있을 뿐, 행복
하다고 말할 수 없을 것이다.

  무엇을 위해, 무엇 때문에 이런 고통과 수고를 겪
어가면서 살아야 하는지 조금만 생각해보면 그 어려
움에서 벗어날 수 있을 것이다. 이제는 눈에 보이는
육신의 세계를 벗어나 마음의 세계를 살았으면 한
다. 마음의 세계는 우리를 강하게 하고 우리에게 복
된 삶을 줄 것이다. 먼저 내가 누구인지를 정확히 안
다면 나에게 기대를 두지 않고 낮은 마음으로 은혜
를 입는 삶을 살 것이다.

  낮은 마음은 누가 보아도 아름답다. 마음을 안다
면 상대방을 알게 되고 서로를 신뢰하게 될 것이다.

  서로 다른 사람이 만나서 부부가 될 때 이 부부를
하나라 부른다. 이 하나는 마음이 같은 부부라는 뜻

이다. 육체가 결합했다고 하나라 말하지 않는다. 육체가 같이 있어도 마음이 멀어져 있으면 하나라 볼 수 없다.

어렵고 힘든 일일수록 마음이 하나가 되어야 한다. 하지만 좋은 이야기는 부부간에 얼마든지 말할 수 있지만, 어려운 이야기는 잘 하지 않는다.

출발이 하나 되면 가족들도 하나가 된다. 부모는 자식을 훈계할 때도 부모란 자격을 가지고 감정으로 대하면 안 된다. 아이들은 어른들의 모습을 보고 배운다. 아이들에게도 마음의 세계를 가르쳐 주어야 한다.

잘잘못을 말하기 전에 나를 보면 모두 이해할 수 있다. 자신을 정확히 안다면 고통의 삶에서 벗어나 행복한 삶을 살아갈 수 있을 것이다.

형남수

나는 누구인가

목차

04

저자의 말

09

나는 누구인가

23

슬픔과 좌절

49

나는 나를 너무도 모른다

나는 누구인가

나는
누구인가

나는

누구인가

우리는 이 세상에 태어날 때 주위에 있는 많은 사람들로부터 축복을 받는다.

　내가 자라난 시절에는 특히 더 그러했다. 대부분이 주위 사람들의 축복과 자식에 대한 부모님의 큰 사랑 속에서 태어났다. 그래서 그리 넉넉하지 못한 삶 속에서도 기쁨과 행복을 느낄 수 있었고, 사람들의 마음도 넉넉했다. 그에 비해 지금은 가족 구성원이 많아야 한두 명 정도이다. 가족에게 정을 느낄 만한 여유도 없다.

행복을 알고 느낄 수 있는 곳은 가족뿐이다. 어린 시절에는 가정 대부분이 대식구이다 보니 먹을 것과 입을 것이 부족한 삶이었지만, 부족한 가운데에서도 서로를 생각하고 나보다 다른 이를 생각하는 여유로운 삶이었다.

　우리의 모습이 그렇다. 보고 배운 것을 그대로 한다. 오래전에는 식구들이 많다 보니 부모가 자식들을 다 돌볼 수가 없어, 오빠·누이들이 동생들을 보살피고 부모 노릇을 대신하며 살아왔다. 막내나 동생들은 먼저 태어난 윗사람들의 옷가지를 물려받고도 불평 없이 잘 살아왔고, 없는 살림이지만 서로의 행복을 생각하면서 살아왔다.

　이런 마음이 어떻게 생길 수 있었던 것일까? 원래 사람은 자신밖에 모르는 존재이지만 식구들 사이에서 자라며 배우게 된 것들이다. 부족함을 모르는 사람과 부족함을 겪은 사람의 차이는 크다. 부족함을 느끼고 살아온 사람들은 다른 사람의 부족함을 잘 이해한다. 우리가 이런 삶을 살아왔기에 남을 배려하는 사회가 될 수 있었던 것이다.

그러나 난 이기적인 사람이다. 나란 사람은 1남 5녀 중 넷째로, 누이 셋과 여동생 둘 사이에서 태어났다. 집안에서 독자로 태어났다. 그 시절에는 아들을 선호했고 아들 위주로 가정이 돌아갔다. 지금 보면 참 불공평한 시대였다. 아무튼 덕분에 가족의 사랑을 듬뿍 받고 자랐다. 딸이 많은 집안에 혼자 남자로 태어나, 부모님과 누이들로부터 많은 사랑을 받아왔기에 난 행복했다. 나중에 안 사실이지만 이 행복이 나에게는 큰 아픔이 되었다. 가족들의 한없는 사랑 속에서 나는 나밖에 모르는 사람으로 변해 갔다.

사회는 가족처럼 따뜻하지 않았다. 나를 아는 주변 사람들은 나에게 잘 대해 주었지만, 내 편에서 먼저 잘해주었기 때문에 나에게 잘했던 것이지, 무작정 잘해준 것은 아니었다. 더구나 나를 모르는 사람들 사이에서는 나 스스로 적응하기 힘들었다. 어떻게든 나를 나타내고 싶었고 알리고 싶었지만 세상은 마음대로 되지 않았다. 이 세계에서 무언가를 얻고 싶다는 소망은 욕망으로 변질되었다.

우리 세대와 비교하면 지금 세대는 변한 게 너무 많다. 짧은 시간이었지만 너무도 많은 것이 변해버렸다. 언제부터인지 일등이 아니면 안 되는 세상이 되었다. 남들보다 앞서지 않으면 스스로 낙오자라 생각한다. 이런 생각이 자신을 더 힘들게 만들 뿐인데, 그것을 모른다.

냉정하게 생각해 볼 시간이 필요하다. 우리는 세상이라는 큰 물결 속에서 무언가에 이끌려 산다. 나도 모르게 자신을 잊고 산다. 이렇게 스스로에 대해 모르고 살기 때문에 나를 잊고 나에 대해서 관심도 없다. 어려움이나 기쁨이 오면 오는 대로 그냥 휩쓸려 다니며 세월을 보내는 것이다.

　나의 삶을 뒤돌아보면 후회가 많다. 그 행복했던 청년 시절에 왜 그리도 어른의 세계를 빨리 접하고 싶어 했던지……. 젊음 그 자체가 큰 자산인데 그 사실을 모르고 살아간 것이다. 다시 돌아갈 수 없는 시절과 시간이었음을 알았다면 삶을 낭비하지 않았을 것이다.

　예전은 모든 것이 부족했던 시절이었으나 지금은 모든 것이 여유 있는 시대이다. 그렇다면 사람들의 삶에도 여유가 있어야 하는 법인데, 그렇지 못한 현실이다. 세월이 흐르면 흐를수록 인류의 삶은 편해지지만 개인의 삶은 여유가 없어진다. 사회는 더 각박해지고 차가워진다.

예전에는 이웃 마을의 각 가정까지도 서로 알고 지내며, 자기네 일처럼 모두가 나서서 함께 일들을 처리하곤 했다. 부족하지만 부족함을 모르고 나의 일처럼 여기며 함께 삶을 보낸 것이다. 그러나 지금은 어떠한가? 대문이 서로 마주보고 있는데도 누가 사는지 모르고 산다. 아예 관심조차 없다. 나만 잘 먹고 잘 되면 된다는 식이다. 사람 사는 맛이 없다.

내가 어렸을 때에는 시골 깊은 곳까지 버스가 다니지 않았다. 몇 시간씩 걸어서 다녀야 했던 기억이 있다. 그때는 서로가 부족하지만 마을 행사를 내 집의 행사처럼 여기는 보기 좋은 풍습이 있었다. 그러다 언제부터인가 버스가 마을 구석구석까지 들어오기 시작한 후, 시골의 아름다운 풍습들이 사라지기 시작했다. 음식도 사람들끼리 나누어 먹지 않고, 도시의 장터에 내다 팔면 돈이 되는 것을 알게 되었다. 삶에 여유는 생겼지만 마음으로 느끼는 여유는 사라진 것이다.

　우리는 원하는 모든 것을 가지게 되면 그것들이 행복한 삶을 가져올 것으로 생각한다. 하지만 그것은 어디까지나 기대일 뿐, 정말 우리를 행복하게 해줄 수 없다. 사람들은 끝도 없이 더 많은 것을 요구한다. 욕심의 끝은 어디일까? 무엇을 위해서 고통과 어려움, 심지어 제일 고귀한 자신의 생명까지도 포기하면서 얻으려 하는 것일까?

　우리에게는 두 가지 삶이 있다. 육체가 원하는 삶과 마음이 원하는 삶이다. 이 중에 어느 것이 진짜 삶일까? 진짜 삶은 마음이 원하는 삶이다.

　나는 지금까지 평범한 삶을 살아왔다. 잘난 것도 없고 그저 그냥 그렇게 살아가는 사람일 뿐이다. 삶을 살면서 늦게나마 내가 누구인지를 알고 싶어 했고, 내가 어디서 왔으며 어디로 가는지에 대해 궁금해 했다. 이 세상에 태어났으니 세상에 꼭 필요한 사람으로 살고 싶었다. 어릴 때에는 꿈도 많았는데, 세월이 흐를수록 가졌던 꿈의 크기가 작아지면서 그 작은 꿈마저 내게서 멀어져 갔다. 누구나 한번쯤은 가져볼 만한 소망들이 나에게는 정말 꿈일 뿐이었다.

나의 진짜 모습을 모르니, 무엇이든 열심히만 하면 모두 이루어질 것처럼 보였다. 일등은 못해도 중간은 가니까 그것이 위로가 되어 더 노력해야겠다는 생각을 하지 않고 자만심에 빠져버린 것이다. 나를 정확히 모르는 상태에서 나를 의지하면 안 되고, 노력하지 않으면서 노력만 하면 된다는 생각을 버려야 한다.

나에게 기대를 걸고 계신 부모님을 생각하면서 스스로 스트레스를 받아 왔었다. 이런 삶을 살아야 하는 이유는 무엇일까? 내가 못해 봤으니 너라도 해야 한다는 마음 때문이다. 윗세대들은 자식들에게 큰 기대를 걸고 힘든 삶을 견뎌내고 있다. 자신은 못 먹고 못 배워 왔기에 그런 어렵고 힘든 삶을 자식들에게 물려줄 수 없다고 생각한다. 그 마음 때문에 자녀들은 어렵고 힘든 삶을 산다.

남들보다 앞서야 하고 남들보다 나은 삶을 살아야 한다는 강박관념 때문에 많은 사람들은 눈에 보이는 것들을 갈구한다. 좋은 차, 좋은 집, 좋은 직장 등 많은 것을 원하고 있다. 나를 위한 물건들도 있겠지만 대부분은 전시용이다. 남들이 가지지 않은 것들을 요구하고 가지고 싶어 한다. 이런 것들이 정말 기쁨과 평안을 가져다줄까? 만약 그렇다 하더라도 그 기쁨과 평안은 얼마 가지 못한다.

우리의 마음 구조는 똑같다. 많이 가졌다 해서 만족할까? 내가 원하는 것을 가지게 되어도 그것이 잠깐의 만족은 줄지 몰라도 나의 마음을 만족하게 해줄 순 없다. 월세를 내다가 전셋집으로 이사하면 처

음에는 안방, 거실, 주방을 왔다 갔다 하며 즐거워하
겠지만, 그 기쁨도 잠시뿐이다. 새 차를 사면 처음에
는 닦고 털고 하겠지만 그것도 잠시고 마음에 만족
을 가지지 못한다. 우리는 끝없이 새로운 것, 남이
가지지 않은 것들을 요구하며 살지만 그런 것들이
마음에 만족을 주지 못한다.

하지만 이런 것들이 주는 잠깐의 기쁨 때문에 스
스로 위로하고 즐기면서 사는 것이다. 남들이 가지
지 않은 것을 가질 기회가 생긴다면 우리는 무엇인
가를 희생해서라도 가지길 원한다. 그 모든 일들이
내 마음의 욕심에서부터 일어난다. 나에게 불필요하
고 해가 된다면 원치 않을 것이다.

여러 모양으로 원치 않던 일들에서 빠져나오지 못
하는 사람들이 많다. 처음에는 호기심으로 하던 일
들이 결국은 하지 않으면 안 되는 일로 번져버린다.
자기에게 좋지 않은 줄 알면서도 빠져 나오지 못하

는 것은 자신을 정확히 모르기 때문이다. 사신을 정확히 알았다면 좋지 않은 일에 빠졌겠는가. 이 모든 것들을 절제할 수 있다면 얼마나 좋을까? 하지만 우린 절제할 수가 없다.

미국 로스앤젤레스 사람들은 휴일에 재미로 라스베이거스에 게임을 하러 간다. 그곳에 도착해서는 차에다 먼저 휘발유를 가득 채우고 게임을 한단다. 그 이유는 가진 돈을 잃고 나면 집에 돌아갈 여비까지 잃어버리기 때문이란다. 왜 이런 문제가 벌어진 걸까? 게임에서 이기면 되는데, 이긴다는 보장이 없다. 돈을 잃는 쪽에 더 큰 믿음을 가진 것 같다.

우리는 어떤 일에서 조금이라도 이익이 되는 부분을 먼저 본다. 그래서 무엇인가를 얻게 되리란 유혹 때문에 게임에서 쉽게 빠져나오지를 못한다. 만약에 게임을 해서 계속 이길 수 있다면 누구나 게임을 할 것이다. 하지만 현실은 그렇지 않다. 그런데 우리는

자신을 너무 믿고 과대평가를 한다. 무엇이든 하면
될 것처럼 말이다. 과연 이러한 생각들이 진짜일까?
이 생각이 나를 지켜줄 수 있을까?

내가 누구인지를 먼저 잘 알아야 한다. 자신을 정
확히 알지 못하면 우리 인생은 어려움을 당할 수밖
에 없다.

슬픔과
좌절

나는

누구인가

나를 알지 못하면 삶을 힘들게 살 수밖에 없다.

나를 알아도 정확히 알아야 평온의 삶을 살 수가
있다. 나는 이곳 한국에서 삶의 뿌리를 일찌감치 내
릴 수가 없었다. 분명 한국에서 자랐지만 20대 후반
까지는 너무도 힘든 삶을 살아야 했다.

온실에서 자란 식물처럼 겉은 좋아 보이지만 마음
속은 연약한 마음의 소유자다. 행복하게 자란 청소
년기에는 내가 세상에서 제일 잘난 사람이라 착각하
며 살았다. 마을 사람들이 나를 아주 착하고 좋은 사

람이라 생각했기에 화를 내거나 행동을 함부로 하지
못했다. 때문에 어른들께 예의를 갖추고 말 잘 듣는
사람으로 평이 나 있었다.

이런 내가 마을만 벗어나면 두 얼굴을 가진 사람
으로 변했다. 마을을 벗어난 나는 친구들과 어울리
지 못하면 힘없는 사람으로 보일까봐, 그리고 나를
나타내야 한다는 생각에 나쁜 일인 줄 알면서도 친
구들과 어울려 다니며 온갖 못된 일에 빠져 살았다.
그러다 보니 죄를 짓는 일에 나름대로 쾌락을 느끼
기도 했다.

이런저런 일들로 말미암아 사회에 일찍 눈을 떴
다. 보이는 것은 오직 돈뿐이었다. 돈이 있으면 모든
일이 잘 풀리고, 돈이 많으면 아무것도 부러울 게 없
다고 생각했다. 돈이 세상에서 대접 받는 모습을 보
면서 무조건 돈을 잡아야 한다는 마음이 들었다. 돈
의 노예가 된 것이다. 그래서 돈을 잡아보려고 많은

수고를 했지만 종내 잡을 수가 없었다. 이 물질은 날개가 있어서 잡으려 하면 도망가는 것인데, 그 사실을 모르고 부지런히 쫓아다닌 것이다. 헛고생만 하면서 살아보려고 발버둥을 쳤지만 모든 것이 힘들었다. 내 모습은 하루살이 모습으로 변해 갔고 삶은 나아질 기미가 보이지 않았다.

무엇인가를 해 봐야 하는데, 가진 것도 배운 것도 없는 삶은 더욱 비참해질 수밖에 없다. 가진 것이 조금 있다 해도 나보다 뛰어난 사람을 만나면 이용당하기 십상이다. 세상은 나를 위해 존재하는 것이 아닌가 보다. 남을 위해서 희생하고 봉사하는 사람이 얼마나 많이 있겠는가. 간혹 어쩌다 있을 뿐이다. 내가 이 세상을 너무 쉽게 본 것이다. 마음만 먹으면 되는 게 세상인 줄 알았다. 그러나 현실은 정반대인 것이다.

우리네 인생 자체가 슬픔과 수고뿐인 것을 한참을

지나고서야 알았다. 사실을 알았다면 이런 고통을 당하면서 살지 않았을 것이다. 돈을 모아보려 해도 여기에서는 모을 수 없겠다는 생각이 들었다. 노력해도 되지 않은 이곳에서의 삶은 의미가 없다고 생각했다. 현실이 어렵고 힘들어지니 생각이 제 길을 찾아갔다.

나를 돌아본다는 것……. 내 삶을 돌아보고 미래의 마지막 인생까지 생각해 보았다. 생각의 결론은 이곳에서의 삶은 너무도 무의미하다는 것이었다. 왜 내가 이런 고통을 당하면서 살아야 하는지 생각해 보았지만 별 의미가 없었다. 내게는 방법도 능력도 없다. 다른 사람에게 도움을 청해도 좋았을 텐데 내 자존심이 허락하지 않았다. 이 자존심은 나를 지켜줄 수 없는, 도움이 안 되는 것이다. 이 자존심을 버리고 다른 사람에게 은혜를 입었어야 했다.

아무것도 없는 내가 이 모든 것을 감당하고 살아가야 한다는 생각이 나를 절망으로 몰아갔다. 그 무렵 인생의 끝을 보게 되었다. 살아갈 방법이 없는 나에게는 죽음이라는 선택밖에 없는 것처럼 보였다.

내가 자신에게 묻는다.

"좀 더 노력해서 살지, 왜 죽음을 선택해?"

내가 대답한다.

"노력! 얼마나 더 해야 하는지……. 길이 없다. 내가 아는 길은 고통·수고·슬픔의 길밖에 없다."

생각했다. 왜 이렇게까지 노력하며 살아야 하는지 말이다. 좋은 학교를 졸업하고 좋은 직장을 다니다 좋은 여자를 만나 결혼해서 자식을 낳고 자식을 결혼시키고……, 이렇게 늙어 죽는 것이 인생인가. 이런 생각이 들자 인생이 별 의미가 없었다. 이러한 인생을 보니 고통 받으며 살아야 할 의미가 없었다. 이런 고민 속에서 나를 즉, 나의 근본을 찾고 싶었지만 찾을 길이 없어 죽음을 택하고 싶었다.

죽음의 디데이에 많은 생각을 했다. 지나온 나날들을 생각했던 그날이 나를 변화시키는 계기가 되었다. 이상하게도 그날, 나를 아는 모든 한 사람, 한 사람이 머리를 스쳐 갔다. 마지막으로 부모님이 머리를 스쳐 지나갔다. 부모님 생각이 많이 났다. 내가 이대로 죽는다면 그분들은 나머지 생을 어떻게 살아갈까? 나를 위해 삶의 많은 부분을 포기하고 고생하신 것을 생각하니 마음이 아팠다. 나를 위해 고생하신 부모님, 내가 잘되기를 바라는 식구들, 나를 지켜보는 주위 친척들이 머릿속에 맴돌았다. 나를 아껴주는 사람들이 존재한다는 것이 내 마음에 조금 위로가 되었다.

이렇게 죽는 것은 무의미하다는 결론을 내렸다. 부모님과 가족들과 주변 사람들을 위해 다시 한 번 살아보자는 생각이 들어 마음을 바꾸었다. 그리고 앞으로는 지금 이곳보다 좀 더 큰 세상을 접하고 싶었다. 외국에서 생활을 하면 고생은 하겠지만 지금보다 나은 생활이 될 거라 생각했다. 그래서 바로 준비를 시작했다. 가기로 한 나라의 정보와 문화, 언어 등 준비를 많이 했다. 그렇게 외국 생활을 준비하면서 내 마음의 세계는 무엇이든 잘할 수 있을 거라는 격려를 보내왔다.

그러나 현실은 어느 곳이나 모두 똑같다는 것이었다. 외국에 나가면 잘될 것으로 생각했지만 어디까지나 생각이고 추측일 뿐이었다. 왜 이리도 세상이 험난한지······. 외국 생활은 배로 힘들었다. 고통과 외로움의 시간을 보냈다. 하지만 이런 시간들이 나에게는 보약이 되었다. 진즉 좀 더 깊은 시간을 가졌더라면 이 시간이 그렇게 고통스럽지 않았을 텐데. 나는 앞에 보이는 현실만을 보았기에 괴로웠다. 괴로운 현실은 여러 가지가 있지만 물질로 인한 괴로움은 이루 말할 수가 없었다. 이는 다른 많은 사람들도 겪는 문제일 것이다.

전에는 물질의 중요성을 몰랐기에 관심을 두지 않았다. 그전에는 기술로 영업을 하는 사람이었기에 하루 수입이 괜찮았다. 더 욕심도 없었다. 그날그날 수입이 괜찮아 안이한 생각을 갖고 살았다. 대충 살면서도 큰 불편을 느끼지 못했다. 그러나 삶의 의미도, 기쁨도 찾아볼 수가 없었다. 인생을 사는 게 다 이런 거지 하면서 내 자신을 위로하고 살았다.

다하지 못한 공부, 취미 등 평소 하고 싶었던 것들을 한다면 마음에 평안을 가질 수 있을까. 겉으로는 기쁘고 즐거운 것 같아도 마음 한구석은 여전히 얽혀있는 실타래와 같았다. 이 실타래가 처음부터 잘 감겨 있었다면 좋으련만, 인생의 실타래는 처음부터 엉켜 있었다. 엉킨 실타래가 몇 번 잘 풀리다 다시 엉키는 게 내 모습과 같았다. 답답한 마음을 풀지 못한 상태에서 물질만이 나의 마음을 풀어준다고 생각했다.

과연 이 물질은 내가 원하는 모든 것을 풀어줄 수 있을까? 돈을 많이 벌어 보고 싶었다. 현재의 삶이 나아지면 마음도 평안해질까? 오직 내 마음은 물질뿐이었다. 옛날과 똑같이 반복되는 삶을 살면서 괴로우면 괴롭다고 술 한 잔을 마셨다. 무언가에 미쳐 현재의 삶을 잊고 싶었다. 무엇 때문에 살아야 하는지 알 수 없었다.

괴로운 나날들을 잊고 싶어 넓은 바다와 높은 산을 찾아가 보았다. 넓은 바다를 보면 잠시나마 넓은 마음으로 포용하며 살아야겠다는 생각이 들었다. 높은 산에 오르면 산 아래 내려다보이는 작은 마을에서 서로 부딪치며 살아가는 사람들의 모습을 떠올리며 내가 먼저 이해하며 살아야겠다고 다짐했다. 하지만 마음은 그때뿐 다시 나만 아는 이기적인 삶으로 돌아간다.

잠깐잠깐 고통의 시간들을 벗어나면서, 자신을 위로하면서 살아가는 듯했다. 가끔 종교가 나를 위로할까 하는 생각도 머리를 스쳐갔다. 하지만 종교에 대한 나만의 생각이 있어서 쉽게 종교도 가지지 못했다. 연약한 사람들이 마음을 의지하는 것이 종교라 생각했기 때문이다. 그렇게 나 스스로는 강한 자라 생각했었지만 실상은 제일 연약한 자였다. 그러나 나를 스스로 바로 볼 수 없기에 자신이 제일 강하고 건강하며, 종교는 크게 중요하지 않다고 생각했다.

살면서 내가 아니면 안 된다는 생각을 가지고, 내가 싫어하는 일이라면 두 번 다시 생각하지 않는 무지한 자였다. 살면서 좀 더 신중히 생각했다면 무언가가 마음에 위로가 되었을지 모른다. 그래서 난 괴로움을 잊고 싶었고 새로운 세계를 접하고 싶었던 것이다. 그곳에 가면 내가 원하는 삶을 살고 마음에 평안을 찾을 수 있다고 생각했다.

설렘 반 두려움 반으로 미국에 도착했다. 미국행 비행기 안에서 나는 몇 번이고 다짐했다. 비록 돈 한 푼 없이 미국에 가지만, 미국 경제가 흔들릴 정도로 돈을 많이 벌어보겠노라고. 다짐을 하고 또 하면서 새로운 세계를 접했다. 미국은 참 아름다운 나라였다. 특히 하늘에서 내려다본 도시는 너무 아름다웠고 나를 행복하게 해줄 것 같았다. 공항에 도착하고 보니 모든 것이 두렵고 신기하여 새로 태어난 아이 같은 기분이었다.

하지만 호기심과 함께 고통의 시간들이 나를 기다리고 있었다. 미국에 오기 전 준비했던 많은 지식들은 별로 도움이 되질 못했다. 나를 기쁘게 해 준 것은 운동과 술뿐이었다. 가끔 텔레비전에서 미국 사

람들이 운동하는 모습을 보면 부러웠는데 내가 그곳
에서 운동을 한다는 게 믿기지 않았다. 이런 세계가
있나 싶었다. 술은 그렇게 좋아하지는 않았지만, 한
국에서 소문으로만 듣고 먹고 싶어 했던 술들이 쉽
게 보였다. 여러 종류의 술들을 보는 순간 좋은 곳이
라 생각되었다. 일단은 나에게 맞는 곳이라 생각되
었다. 이곳이라면 내 꿈을 펼칠 수 있을 것으로 생각
했다.

그러나 그 생각도 잠시, 내 모습과 형편을 바로 보
아야 했다. 낯선 곳에 정착하기란 그리 쉽지 않았다.
작은 나라가 아니기에 차가 필요했고, 특히 언어가
통하지 않으니 무엇을 어떻게 시작해야 하는지 알
수 없어 더욱 힘든 삶이 되었다. 내가 할 수 있는 것
은 아무것도 없었다. 무능한 자신을 조금이나마 바
로 볼 수 있었다. 스스로 불쌍했다. 포기하고 싶은
마음과 고향으로 돌아가고 싶은 마음이 일었다.

그러나 그럴 순 없다. 무작정 해보자는 마음도 일었다. 공부도 하고 이곳에서 살아가는 데 필요한 것은 모두 배우기로 작정했다. 일단은 먼저 정착한 한국 사람을 사귀어야 했다. 한국 사람을 만날 수 있는 곳은 교회 외에는 거의 없었다. 하지만 교회는 싫었다. 마침 공부하는 한인을 만났는데 그 사람의 충고가 이랬다. 이곳은 돈이 많이 있든지 기술이 있든지 해야지, 그렇지 않으면 평생 고생하면서 산다는 것이다. 난 돈이나 기술 어느 쪽에도 해당되지 않았다.

눈앞에 고생만 기다리고 있을 뿐, 어느 하나 되는 게 없었다. 무작정 돈을 모아야 한다는 생각이 들어서 직업소개소에서 훈련을 받고 말로만 듣던 알래스카에 갔다. 알래스카에 도착해 보니 온 세상이 하얀 눈으로 덮여 있었다. 추운 날씨와 계속되는 눈보라가 내 마음까지 꽁꽁 얼어붙게 했다. 그곳 원주민들을 보면서 실망도 많이 했다. 추운 날씨 때문에 술을 마셔야 된다며 원주민들은 항상 술에 취해 있었다. 정부에서 주는 무료 식량을 기다리는 그들의 모습이 이상해 보였다. 좋은 나라라 일을 하지 않아도 공짜로 먹을 것을 주는 줄 알았다.

하지만 미국 사람들은 이곳을 유배지라 불렀다. 마지막 기회를 잡아보려고 이곳까지 온단다. 유배지나 다름없는 이곳의 추위에 적응하며 살아가야 했다. 눈, 비, 바람이 쉬지 않고 불어대는 추위 속에서 돈을 벌고 살아야 한다고 생각하니 갑갑했다. 알래스카에서 다시 수상 비행기로 갈아타고 두어 시간 날아 도착한 막막한 그런 섬에도 사람들이 살고 있었다. 아무것도 없는 이곳에서 저들은 어떻게 살아갈까? 궁금하면서도 낯선 조그만 섬에서 살아가는 그들이 신기했다.

돈을 벌려고 온 나와 몇 명의 사람들을 비롯해 칠

십여 명이 일을 했다. 이곳에는 베링해에서 잡아온 생선을 가공해서 전량 일본으로 가져가는 수산가공 회사가 있었다. 바다에서 잡아온 생선을 기다렸다 가공하고, 먹고, 자고, 일만 하면 되는 곳이다. 일하는 사람은 기계와 같았다.

그곳도 사람 사는 곳이라 노름과 술에 빠져 사는 사람들이 있었다. 다른 세상과 별반 다르지 않았다. 목숨을 걸고 높은 파도와 추위 속에서 생선을 잡아오는 사람들과 막연히 어선을 기다리는 우리들. 오직 배가 생선을 많이 잡아와 일을 많이 하는 것만을 바랄 뿐이었다. 일을 해야 돈을 벌기 때문이다. 좀 더 많은 일을 해야 목돈을 모아갈 수 있기에 사람들은 힘들어도 열심히 일을 했다.

끝없이 내리는 눈. 치워도 치워도 끝이 없는 눈. 그 어렵고 힘든 가운데에서 어렵게 만든 목돈을 모두

술과 노름으로 탕진하는 이들도 있었다. 집에 가야
할 때 가지 못하고 다시 어렵고 힘든 시기를 보내는
가지각색의 사람들이 있었다. 모두 잘 살기 위해서
어려운 선택을 하고 여기 온 사람들인데, 생각 없이
사는 모습을 보니 씁쓸했다. 일이 많으면 많은 대로
불평하고 일이 없으면 없는 대로 불평하는 사람들.
이것이 우리네 삶인가 싶다.

　힘들게 모은 돈이고 목숨 걸고 번 돈인데, 그리 쉽
게 버릴까? 이해가 되지는 않지만 일단 가족과 떨어
져 사는 모습들이 안타까울 뿐이었다. 이곳은 오직
바다와 산뿐이다. 어쩌다 날씨가 좋은 날이면 저 멀
리에서 화산이 연기를 뿜어내는 풍경이 아름답지만
두려움도 함께한다. 이런 곳에 원주민이 산다는 게
이해가 안 된다. 하지만 이곳 사람들에게는 풍족하
지 않지만 즐거움과 행복이 있었던 모양이다.

　사람은 환경에 적응을 하며 살아간다. 넉넉하지

않은 삶이지만 그들은 행복해한다. 결코 많은 것을 가지고 있어서 행복한 것이 아니다. 행복은 멀리 있는 것이 아니라 우리 안에 있다. 어렵고 힘든 삶이라도 행복은 내가 마음먹기에 달려 있다는 것을 그들을 보면서 느꼈다. 풍족하지 않은 그들을 보면 모든 것에 여유가 있었고 욕심도 내지 않았다. 그들이 풍족해서가 아니다. 나와 그들을 비교해보면 너무도 다른 삶을 사는데도 그들은 행복해했다. 그들에게는 살아가는 자체가 행복이었다.

우리는 언제나 많은 것을 갖추어야 한다고 생각한다. 그래서 남들보다 많은 것을 요구하며 산다. 많은 것을 요구하면 행복해진다는 생각이 어디서 왔겠는가? 그것은 우리의 욕심에서 온 것이다. 욕심은 끝이 없어 다 채울 수 없다. 어느 것으로 그 욕구를 채우겠는가. 밑 빠진 항아리에 물 붓는 격이다.

욕망을 가지는 순간부터 육신은 망가진다. 현재 있는 것에 만족하여 부족함을 느끼지 못하는 사람은 마음에 여유를 갖고 살 것이다. 그런데 사람들은 항상 무엇인가를 갖추어야 하고 부족함 없이 살아야 한다고 말한다. 몸이야 어떻게 되든 상관없고 오직 벌고 채워야 행복하고 평안하게 살 수 있다고 생각한다.

나는 큰돈을 벌기 위해 그곳에 갔고, 쉬지 않고 일을 해서 돈을 모았다. 물론 돈을 모아가는 재미도 있었다. 계약 기간이 끝나고 집으로 돌아갈 때 사람들이 모아둔 돈을 보고 기뻐하면서 헤어진 가족과 만날 생각에 들뜬 모습을 보았다. 그러고는 가족을 만나 계획 없이 그 고생해서 모은 돈을 물 쓰듯 했다. 돈을 쓰는 재미에 빠져 그동안 고생했던 시간들은 순식간에 잊어버린다.

나는 돈이 부족한 시절에 돈을 많이 모아두기만

하면 행복해질 수 있을 것으로 생각했었다. 그러나 돈을 모은 행복은 잠깐이었다. 돈을 모을 때는 많은 시간을 들여 고생했는데, 쓰는 것은 순간이었고 그 기쁨도 잠깐이었다. 너무 허망했다. 좀 더 냉정하게 이야기하면 돈을 쓰면서 나를 나타내고자 하는 마음이 컸다. 기쁨을 누리면서 나를 자랑하고 싶은 충동이 더 컸다.

물질은 날개가 있어 내 품을 훌쩍 떠났다. 이 모습을 보면서 나는 자신에게 또 가서 벌면 된다며 위로했지만 밀려오는 허망함은 이루 말할 수 없었다. 다시 어려운 시간 속으로 되돌아가야 한다. 다시 그 추운 곳에서 힘든 생활을 시작해야 한다. 걱정과 두려움이 몰려온다.

이번에는 돈을 모아 장사를 해야겠다고 다짐했다. 하지만 그런 일이 쉽게 이루어지지는 않았다. 왜 이렇게 살아야 하는지, 무엇을 얻기 위해서 이렇게 어렵게 살아야 하는지, 삶에 의문이 생겼다. 때로는 가족에 대한 그리움에 몸서리치며 나의 신세를 탓하고 내 자신을 원망했다. 과연 좀 더 나은 삶은 무엇이며, 어디까지일까? 그 한계라도 알고 싶었지만 알 수도 없었다.

그냥 많이 벌고 싶었다. 그러한 욕망이 계속될수록 고통은 더욱 커져갔다. 행복을 채우려고 먼 타국까지 왔는데 돈을 모을수록 행복은 없었고, 고통으로 세월을 보냈다. 채워야 하는 게 아니라 비워야 하는 것인가 보다. 비우면 비울수록 마음은 평안하다. 우리는 무엇인가를 채워야 삶을 잘 살아갈 수 있다고 생각한다. 하지만 정작 삶은 정반대인 것 같다. 버리자. 버리는 것만이 삶과 육신 모두 윤택해지는 방법이다.

오래전 우리는 부족한 가운데에서도 모두가 건강

하고 활력이 있었다. 육체는 힘들었지만 마음은 건강했다. 반면 요즈음 세상은 물질적으로 너무나 풍족하다. 지나치게 많은 것을 먹고 살기에 먹는 만큼 고통스러운 삶을 산다. 모든 것을 내려놓고 부족한 삶을 살아도 어떻게든 살아가게 되어 있다. 많은 것을 가졌다 해도 그것들이 나에게 불행이라면 행복한 삶을 위해서 버리자. 마음에서부터 내려놓자. 부족해도 괜찮다.

좀 없으면 어떠한가? 육신은 불편하겠지만 삶은 건강해진다. 풍족하면 나태해지고 자만심에 빠진다. 모두가 아는 사실이지만 서 있으면 앉고 싶고, 앉으면 눕고 싶은 것이 사람이다. 우리의 육체는 모두가 똑같다. 배가 고프면 먹을 것을 찾아서 배를 채우고, 배가 부르면 눈에 보기 좋은 것을 찾아 나선다. 눈에 보이는 욕구를 찾아 나선다.

이 육체가 원하는 삶을 쫓다보면 고통스런 삶을

살 수밖에 없다. 내가 미국에서 했던 일들은 평소에 경험했던 일들이 아니다. 모든 게 낯설었고, 정상적인 생활 속에서 한 일들이 아니었다. 잠을 자야 할 시간에 일을 하는 등 비정상적인 생활을 해야 했다. 단순 노동인 것이다. 미국에서 지내는 동안 정상적으로 살아가기는 힘들었다. 내가 할 수 있는 것은 건강한 육체 하나만 믿고 닥치는 대로 일을 하면서 사는 것이었다.

일을 하면서 때로는 홀로 생각해 본다. 나에 대해서. 왜 이렇게 사서 고생하고 있을까? 내 삶은 왜 이렇게 되었을까? 내일을 위해서 그런 거지 하면서 스스로 위로했다. 젊었을 때 고생은 사서도 한다는 옛말이 있지만 사서 고생하고 싶은 사람이 누가 있겠는가. 그저 자신을 위로할 뿐이다. 이렇게 반복되는 과정에서 삶은 안정되어 가고 겉모습도 좋아 보이지만, 내 마음은 여전히 행복을 찾으려 애를 쓰고 있다.

이제는 참 감사한 삶이라고 말할 수 있지만, 예전에는 불행한 조건들을 스스로 만들고 불행한 사람이라 생각해 왔다. 죽고 싶었지만 죽을 수 없었고, 다시 새로운 용기를 내어 그 어려움을 피해서 이곳까지 왔다. 하지만 이곳에서의 삶 역시 알면 알수록 힘들고 어려운 나날들이었다. 그 어려움을 피하려 할수록 더 많은 어려움이 찾아왔다. 피하려고 왔던 곳에서 더 많은 수고와 노력을 요구했고, 그것이 육체의 한계를 느끼게 했다.

나중에 누군가에게 들은 말이다. 우리 인생에는 수고와 슬픔밖에 없다고 한다. 이 고통은 피하면 피할수록 더 많은 고통이 되어 찾아온다. 반면 고통을 마주보고 버티면 그 고통은 나를 피해간다. 어려운 고통이 오면 당당히 대면하고 생각하자. 왜 나에게 이런 고통이 왔는지에 대해서 말이다. 그렇게 하면 고통은 나를 비켜간다.

무엇보다 이런 고통을 당하지 않기 위해서는 나를 먼저 잘 알아야 한다. 내가 누구인지를 말이다.

나는 나를
너무도
모른다

나는

누구인가

우리는 부족한 것이 없는데도 항상 부족함을
느끼고 그것을 채우려 애쓰며 살아간다.

　살아가면서 겪게 될 어려움은 피하고 순탄한 삶을
살기를 원한다. 이렇게 마냥 피하고 싶은 것이 어려
움이건만, 우리는 겪고 싶지 않아도 어려움을 필연
적으로 겪고 살아야 한다.

　태어나는 순간부터 우리는 어려운 일에 끌려가며
산다. 누구에게나 어려움은 오게 되어 있는데, 이 모
습을 모르기에 어려움이 오면 무작정 피하려고만 한

다. 어려움은 피하려고 하면 할수록 더 많은 어려움을 불러온다. 하지만 자신을 알고 어려움을 직시할 수 있다면 어려움은 스스로 우리를 피해간다.

모두가 같은 어려움을 마주하는 상황에서 나만이라도 피해 지나가 준다면 얼마나 좋겠는가. 나는 오래전부터 삶의 어려움을 피하려고 노력했지만, 피할 수도 없었고 이길 수도 없었다. 그 많은 어려움을 피하는 길은 무인도에서 사는 길밖에 없겠다 하는 생각을 할 정도였으나 결국은 다 쓸데없는 생각이었다. 어려움은 뼛속까지 파고들어 나를 괴롭혔다. 세상을 등지고 싶기도 했고 때로는 그냥 막살고 싶기도 했다. 세상에서 오롯이 나만 고통 받고 사는 것 같았다.

나름대로 열심히 살아왔다고 생각했고 열심히 살면 무엇이든 될 것 같았다. 지금까지는 최선의 노력을 하지 않아서 고통스러운 삶을 살고 있다고 생각했다. 그래서 지금부터 더 열심히 살고 앞만 보고 달려가면 모든 게 잘될 줄 알았다. 그렇게 노력만 하면 잘될 거라고 위로하며 하루하루를 살아왔다. 물론 노력의 결과로 얻어낸 결실도 있어 성취의 기쁨을 느낄 때도 있었다. 그러나 그것도 잠시, 기다렸다는 듯 어려움은 또 찾아온다. 그때마다 모든 방법과 지혜를 동원해서 해결하지만, 뜻대로 되지 않을 경우에는 나를 돕는 주변 이들에게까지 상처를 주었다. 무엇인가 될 듯하면서도 끝까지 가 보면 아니었다. 자신을 탓하기도 했지만, 도대체 무엇을 잘못했는지 알 수 없었고, 앞으로 어떻게 해야 하는지도 알 수 없었기에 괴로운 나날의 연속이었다.

어느 날 나는 삶의 끝을 보았다. 그 끝이란 내 눈에 보이는 데까지였다. 그 이상의 세계는 알고 싶지도 않았고 알지도 못했기 때문에, 오직 눈에 보이는 이

현실들이 나만 괴롭히지 않는다면 살아갈 만하다고 생각했다. 그러나 현실을 피할 길이 없었다. 세상에 맞설 힘도, 대항할 힘도, 그 어떤 것 하나 내게서 찾아볼 수가 없었다. 무엇인가를 찾아 해 보려 하지만 뜻대로 되지 않아 현실만 탓하고 살아갔다. 모든 게 원망스러웠다.

남을 의식하지 않아도 되고, 내 노력만큼의 대가를 얻고 살 수 있는 새로운 곳에서 고통 받지 않고 살고 싶었다. 그런 탈출구를 찾고 싶었다. 내가 가진 많은 꿈을 펼치고 싶었고 살면서 하지 못했던 모든 것들에 도전해 보고 싶었다. 그렇게 인간적인 삶을 살고 싶었다. 인간적인 삶이 무엇인지는 정확히 모르겠지만, 자유를 만끽하고 경제적으로 부족하면 할 수 없는 그러한 모든 것들을 마음껏 누리고 싶었다. 한 나라의 왕자처럼, 상위 몇 프로의 귀족들처럼 살면 모든 것이 행복할 줄로 생각되어 그런 삶을 살아

보고 싶었다. 그러나 어디까지나 꿈이고 생각일 뿐이다. 생각은 생각일 뿐 현실과 너무 멀다.

생각은 나를 발전시키는 데 중요하다. 과학자들은 하루에 최소 이백여 가지를 생각한다고 한다. 나도 어려운 일이 닥칠 때마다 생각을 많이 한다. 어려운 일이 없다면 생각할 이유도 없어지니, 그냥 흘러가는 세상 물결 속에 몸을 맡기고 살게 될 것이고 발전도 없을 것이다. 그런데 어려운 일이 닥치면 생각을 해서 어떻게든 빠져나오려 애쓴다.

하지만 그런 생각을 신중히 해야 했다. 나는 한두 번만 생각해 보고 더 노력하지 않았다. 이런 삶을 살기를 반평생. 삶에 감각이 없다. 감각이 없는 것은 삶에 의미가 없다는 말이다. 작은 어려운 일들은 견디겠지만 큰 시련들은 피할 수도 견딜 수도 없었다. 인생 포기 그 자체인 것이다. 나에게 이렇게 삶을 포기하려는 마음을 갖게 한 시기가 있었다. 누구에게

나 이런 시기는 있다.

만약 내 길이 순탄했다면 마음 깊이 이런 생각들을 했을까 하는 의문이 든다. 어려운 일이 올 때 이것을 잘 활용하면 오히려 변화를 가져오는 계기가 될 것이다. 어려움이 오지 않으면 생각도 좁아지고 나에게서 벗어나지 못한다. 나에게서 벗어나지 못하면 내가 누구인지를 알지 못한다. 나에게서 벗어나려면 먼저 내가 누구인지를 알아야 한다. 우리는 자신을 모르기에 나를 알려고 하지 않고, 그냥 겉모습만 보고 가꾸며 살아간다.

눈에 보이는 이 모습이 진짜일까?

사람들은 자신에 대해서는 후한 점수를 준다. 거울로 자신을 보고 흡족해하고 만족감을 느낀다. 이 정도면 됐지 하고 말이다.

겉모습은 진정한 내가 아니다. 하지만 얼마나 많

은 사람들이 눈에 보이는 자신을 위해서, 자신이 원하는 모든 것들을 채우기 위해서 시간과 물질을 투자하는가. 요즈음 어르신들을 보면 알 수 있다. 좀더 젊어지기 위해 몸부림을 쳐 보지만 투자한 돈만큼 결과가 나오지 않는다. 미래의 우리 모습이다. 이는 주식과도 비슷한 것 같다. 조금의 이익을 맛보고 많은 투자를 하는 것처럼 잠깐 젊어 보이는 그것에 속아서 겉모습에 많은 투자를 한다.

왜 우리는 겉모습에 이렇게나 신경을 쓰는 것일까? 나를 나타내고 싶고 남을 의식하기 때문이다. 즉, 나의 존재감을 알리고 싶은 것이다. 우리는 자신의 이익을 위해 살아간다. 겉으로는 남을 위하는 것 같지만 결국은 자신의 이익과 유익을 위해서 일을 한다. 사람은 처음부터 욕망 실현과 자기 보호의 마음이 강하다. 마음에서 일어나는 욕망은 우리에게 만족과 평안을 줄 수 없다.

자신을 알면 욕망이란 늪에서 빠져나올 수 있다. 겉모습인 육체는 처음부터 우리를 고통의 삶 속으로 던졌다. 그래서 이 육체가 원하는 모든 것을 들어주어도 만족을 하지 못한다. 미국에 내가 좋아했던 술과 천연 잔디 구장 등이 있어서 행복했을까? 아니, 정반대다. 더 즐기고 싶은 마음 때문에 더 큰 인내가 필요했다. 그렇게 인내했건만 만족은 없었다. 무엇인가를 찾고 얻기 위해서 술에 취한들 마음만 상할 뿐 만족할 수가 없었다. 다시 마음의 만족을 찾아 헤매지만 그 길을 찾을 수 없었다.

무엇인가가 나를 억누르고 있고 마음 한구석에는 항상 무엇인가를 요구하고 있었지만 그것을 해소할 수 없었다. 그 무엇인가를 찾기 위해 방황하기도 했고 모든 정열을 바쳐서 일에 빠져보기도 했지만 찾을 수 없었다. 나만 이렇게 사는 걸까? 점점 나를 의심하기 시작했다. 나의 정체성을 알고 싶어서 외국

까지 와서 노력하고 그토록 원하던 돈까지 얻었는데
마음의 만족은 없었다.

　어느 날 한가로운 오후, 공원을 산책하던 중 호숫
가에서 한가로이 놀고 있는 오리 가족을 보았다. 참
평온해 보였다. 난 평온하지 않은데……. 이해가 되
질 않았다. 사람이 짐승보다 낫다고 생각했는데 오
히려 오리 가족이 나보다 평온해 보였다. 그 풍경을
보고 있노라니 내 모습이 초라해 보였다. 차라리 짐
승으로 태어났으면 하는 마음도 가져봤다.

　그날 나에 대해 알고 싶은 마음이 더욱더 솟구쳤
다. 난 어디서 왔을까? 죽으면 어디로 갈까? 구체적
으로 알고 싶었다. 생을 이대로 끝낸다고 생각하니,
한쪽 마음에서는 이게 아닌데 하는 마음도 들었다.
그러나 막막했다.

　오리 가족을 보면서 지금까지 생각하지 않았고 눈

에 보이지 않았던 막막했던 죽음 너머의 세계를 잠깐이나마 생각하게 되었다. 지금까지 눈앞의 세상을 보고, 보이는 것까지만 생각했다. 잘 살고, 잘 먹고, 막연하나마 눈에 보이는 세상에서 나만 행복하면 된다는 생각으로 살아왔다. 어디까지가 행복인지는 모르지만, 그저 풍족하면 행복하겠다 싶었다. 그런데 그런 것들은 쉽게 변질되었다.

마음에서 좀 더 생각을 가져보기로 했다. 평온하던 오리 가족은 누가 만들었을까? 이 생각을 시작으로 하늘, 구름, 나무, 물 등에 호기심이 생겨났다. 사람이 만든 것은 불완전하고, 안전한 게 없는데, 이 자연은 누가 만들었을까? 모든 게 궁금했다. 그냥 무심코 지나쳐 보았던 자연이 그날따라 신기했다. 보이지 않는 바람과 공기처럼 평소에는 그 중요성을 모르고 살아가면서 나와 무관하다고 생각했던 모든 자연물들이 너무도 감사하게 생각되었다. 인생 처음으로 사연에 대해 감사하는 마음을 느꼈지만 나는 아직도 나를 모르고 있었다.

갈수록 삶이 두렵고 평온하지 못했다. 가끔은 이대로 죽는다면 하는 생각도 했지만 순리대로 살다 가는 것이 세상 이치라 생각했다. 하지만 인생을 중요하지 않게 생각하고 살았다. 이제는 행복과 평안을 얻기 위해 뒤돌아볼 여유도 없이 살아온 내 자신을 위로하고 싶었다. 그런 나에게 조금씩 변화가 시작됐다. 겉모습이 아닌 속마음에 대해서 생각하기 시작한 것이다. 내가 살아온 이 세상이 진짜일까? 엉뚱한 생각인지는 모르지만 이 모든 것 하나하나 의심해 본 적이 없었다. 의심해 볼 이유도 없고 사는 자체가 자연의 순리라 생각했기 때문이다. 그러나 인간의 끝을 보았으니 이대로 삶을 되풀이할 수는 없었다.

집을 지은 이가 있듯이 이 세상을 만든 이가 있을 것이라는 생각을 했지만 내 생각으로는 그 이상 알 길이 없었다. 하지만 이 고통의 삶에서 벗어나기 위해 꼭 알고 싶었다. 현실적으로 나를 만든 이는 부모님이시다. 부모님을 거슬러 올라가 보면 조상이 있고, 더 멀리 거슬러 올라가 보면 동물이 있다. 학교에서 인간은 동물의 후손이라 배워왔다. 우스운 이야기다.

난 신들을 부정해 왔다. 연약한 자가 신을 찾아 의지하고 살아가는 것으로 생각했는데, 알고 보니 내가 세상에서 제일 연약한 자였다. 육체는 건강하지만 마음은 한없이 연약했다. 사람들은 마음의 연약함을 알아채지 못하고 눈에 보이는 육체의 건강함만을 알아챈다. 알고 보면 마음이 제일 연약했다. 이 사실을 몰랐기에 자신을 지키기 위해 과대 포장하고 살아야 했다. 남에게 속지 않기 위해 더 많이 배우고, 가지고, 포장하고, 과시하고, 그렇게 나를 지키기 위한 어려운 삶을 살아야 했던 것이다.

때로는 종교를 찾아 가져보기도 했지만 나에게는 쓸데없는 일 같았다. 사람들과 만나 대화를 주고받지만 그 대화는 형식적일 뿐이다. 가까운 가족이나 친구라 할지라도 세상사 돌아가는 이야기, 마음에도 없는 듣기 좋은 이야기 등 마음의 이야기는 없고 눈에 보이는 그저 그런 이야기만 나눌 뿐이다. 당연히 그럴 수밖에 없다. 지금까지 눈에 보이는 세계만 알고 있었기에 그 세계만 이야기하는 것이다. 그런 좁은 테두리 안에서 되풀이하며 살아왔다. 보이지 않은 세상을 알았다면 진지한 삶이 되었을 텐데 말이다.

보이지 않는 세상을 믿는다? 많은 사람들이 어렵고 힘들어서 도와줄 신을 찾지만, 그것도 잠깐의 어려움을 모면하기 위해서일 뿐이다.

정말 신을 만나면 어렵고 힘든 시기를 빠져나올

수 있을까? 나는 잠시 신을 찾다가 포기했었다. 공도 많이 쌓아봤지만 손해만 보았다. 그래서 모두 부질 없는 짓이라 생각했다. 많이 알면 알수록 머리만 복잡해졌다. 나를 모르니 종교도 짐이 되었다.

이 모든 것을 해결하기 위해서는 나를 알아야 한다. 거울을 통해 겉모습을 비추어 보고 무엇이 잘못되었는지 알 수 있는 것처럼 말이다. 목적지를 찾아갈 때 내가 현재 있는 곳이 어디인지를 알아야 하는 것처럼, 내가 있는 곳을 모르면 헤맬 수밖에 없다. 처음 찾아가는 길은 더욱 정확히 알아야 한다.

자신을 모르고 우리 모두는 죽음을 향해서 가고 있다. 소망도 꿈도 없는 곳을 향하기 때문에 하나밖에 없는 귀한 생명을 가지고도 생명을 돌아볼 여유도 없이 앞만 보고 달린다. 무엇 때문에 앞만 보고 고통을 당하며 달려가야 하는가?

우리는 모두 귀하고 귀한 인생들이다. 어느 것도 감히 비교할 수 없는 값진 인생들이다. 그러므로 자신을 함부로 대해선 안 된다. 자신을 알고 자신의 귀함을 아는 사람은 자신뿐 아니라 다른 사람도 귀하게 생각한다. 자신의 소중함을 아는 사람은 다른 사람의 것도 소중하게 생각한다. 그래서 나를 알면 그 모든 것을 내려놓고 자연의 섭리에 맞추어 살아갈 수 있다.

사람은 똑같다. 겉모습은 다르지만 속마음은 똑같다. 우리의 겉모습은 태어날 때부터 가짜이기 때문이다. 사람들은 아니라고 말하지만 자기 자신을 속이고 있는 것이다. 삶을 평안히 살기 위해서는 나의 근본 모습이 내 모습인지 아닌지를 살펴봐야 할 것이다.

눈에 보이는 겉모습은 때에 따라 얼마든지 바꿀 수 있는 카멜레온 같은 것이다. 누가 가르쳐주지 않앉지만 변명할 때나 위기에 처했을 때 우리는 겉모습을 때에 맞춰 바꾼다. 자신을 보호하기 위해 모습을 잘 바꾼다. 모습을 바꾸면 다른 사람의 눈을 속여 순간의 위기는 모면할 수 있겠지만 자신의 마음은 속일 수가 없다. 마음에서 느끼는 잘못을 알고 뉘우치는 사람도 있지만 대부분은 마음을 무시하고 그냥 넘어가기 때문에 무감각한 삶을 산다. 마음에 일어나는 불편함을 무시하고 잠깐 떠오르는 생각을 따라 삶을 산다. 이 생각이 진짜일까? 생각은 무한대이고 경계선이 없다.

나는 지금까지 눈에 보기 좋은 환경과 형편에 따라 삶을 살아왔다. 좋아 보이면 다시 한 번 더 생각하지 않고 살아온 삶이었고 그래서 모두가 실수투성이였다. 잘될 것처럼 보였지만 결말은 좋지 않았다.

생각은 허상이다. 끝도 없고 만족도 없는 육체와 같은 것이다. 잘될 것처럼 보이지만, 결국은 뜬구름과 무지개인 것이다. 생각이 꼬리를 물고 허상과 고통으로 우리를 몰아간다. 이는 사람들이 게임에 빠지는 것과 비슷하다. 많은 사람이 게임을 좋아하고 이기고 싶어 한다. 처음에는 즐기려고 시작했던 게임이 나를 어렵게 만들어 간다. 한두 번 즐기고 끝나면 좋은데 이기는 그 맛 때문에 점점 빠져든다.

어차피 게임은 사람들이 이길 수 없게 만들어 놓았다. 그런데 처음 몇 게임에서는 이길 수 있도록 해놓았기에 사람들은 몇 번 승리를 맛본 후 재승리를 기대하게 된다. 생각이 우리를 부추긴다. 조금만 더 하면 될 거라고 속삭인다. 그러나 결과는 뻔하다. 물고기를 잡을 때 미끼를 써서 낚듯 생각이 그렇게 우리를 유혹한다. 우리 생각이라는 놈이 처음 이긴 경험을 떠올리게 하며 다시 게임하면 이길 수 있을 것이라 속삭인다. 이 생각을 갖고 있는 한 벗어나지 못한다.

여름이 되면 많은 사람들이 수영을 하다 익사 사고를 당한다. 바다가 아닌 강이나 저수지 같은 곳에서 사고를 당한다. 그 이유는 자신의 수영 실력의 한계를 알고 깊고 물살이 거센 바다에서 수영할 생각을 하지 않기 때문이다. 그런데 호수나 저수지, 계곡 같은 곳에서는 물의 깊이를 만만하게 보고 자신을 과신한다. 자신을 정확히 알았다면 포기했을 것인데, 과신했기에 생각이 유혹하면 쉽게 넘어간다.

생각은 '넌 수영을 잘하니까 쉽게 건너갔다 올 수 있어' 라고 속삭인다. 그리고 많은 사람들 중에서 나를 나타내고 싶은 마음이 일어 수영은 조금밖에 못하지만 자존심 때문에 물에 들어간다. 이 생각과 자존심 때문에 익사하는 경우가 있다.

수영뿐이겠는가. 삶 속에서 일어나는 일들도 같다. 적게는 가정에서부터 크게는 사회까지 우리 모두에게 일어나는 일이다. 사회의 구성원이자 사회의 기초가 되는 가족. 이 가족 파탄의 원인이 되는 부부 간의 이혼에 여러 가지 원인이 있겠지만 대다수는 자신을 모르는 데서부터 시작된다.

청춘 남녀가 만나 서로 연약한 허물을 감추고 결혼 생활을 시작한다. 자신도 잘 모르는데 상대방의 마음을 어찌 알 수 있을까. 연애 시절 서로 좋은 면만 보여주기 때문에 결혼 초에는 평생 가도록 변함없이 나를 사랑해주고 잘해줄 것으로 생각한다. 우리 생각이 눈을 멀게 하는 것이다.

그러나 결혼 생활을 하다 보면 상대방의 약점과 허물이 보이기 시작한다. 좋은 것은 몇 가지 안 되는데 그마저 연애 시절에 다 써먹었다. 함께 생활하면서 감추고 있던 속의 허물이 자기도 모르게 겉으로 드러난다. 상대방이 싫어하는 줄 알면서 자기도 모르게 행동한다. 이렇게 반복되는 삶 속에서 싫증을 내기 시작하면서 마음을 닫는다. 처음에는 상대의 약점도 문제가 되지 않고 하늘의 별도 달도 다 따줄 것처럼 사랑했다가, 함께 생활하면서 아무것도 아닌 사소한 일들로 다툰다.

처음 가졌던 마음들은 다 어디로 가고, 서로 이해하지 못하고 자신의 이익을 따지면서 마음을 닫는다. 마음이 닫히면 어떤 말도 들어가지 않는다. 마음 속에 담아둔 이야기를 해도 듣기 좋은 이야기만 돌아온다. 내 허물을 꼭꼭 숨기고 나를 과대 포장하기 시작한다.

생각은 그때부터 나를 유혹한다. '넌 최선을 다해 결혼 생활을 했잖아. 상대방이 잘못한 거야.' 하고 속삭인다. 속삭임에 끌려 생각에 잠긴다. 연애하던 시절로 거슬러 올라가서 문제가 되지 않았던 모든 것들을 문제 삼기도 하고, 서운했던 일 하나하나를 떠올리며 마음에 벽을 쌓는다. 그러다 보면 대화가 없어지고, 대화가 없어지면 미움의 감정이 생긴다.

순수한 감정은 다 어디로 가고 추악하고 더러운 마음만 떠올라서, 생각이 생각을 낳으면서 고통의 삶을 살아야 한다.

부부는 하나다. 왜 하나이겠는가? 육체는 둘이지만 마음이 하나 즉, 마음이 똑같다는 말이다. 마음이 하나여서 서로 통한다는 것이다. 마음이 통하지 않으면 부부라 말할 수 없다. 몸이 함께 있어도 마음이 다르면 불행하다. 몸이 떨어져 있다 해도 마음이 하나로 연결되어 있다면 문제가 되지 않을 것이다.

서로 마음이 같아야 행복한 삶을 살 수 있다. 언제부터인가 우리는 마음을 닫고 겉모습만 사랑하기 시작했다. 서로의 마음을 모르기 때문에 겉모습만 보게 된 것이다. 겉모습만 보다가는 결혼 생활을 하면서도 마음이 맞지 않고 어려운 일을 당할 것이다. 생각을 믿고 살아왔기에 우리는 불신으로 가득 차 모든 것을 순수하게 받아들이지 못한다.

마음이 닫혔다는 것은 상대방을 순수하게 보지 않는다는 것이고, 상대방에게 불신을 가졌다는 것이다. 불신을 가진 상태에서는 서로가 힘들뿐 아니라 주위에 있는 사람들까지도 힘들다. 모두가 불행하다. 이 불행을 방지하려면 가족 모두가 하나가 되어야 한다.

남편은 부인에 대해서 다른 생각을 가질 수 있고, 부인 역시 남편에 대해서 다른 생각을 가지고 살기 때문에 마음의 깊은 대화가 자주 필요한 것이다. 대화를 나누지 않으면 내가 가졌던 상대에 대한 생각이 커져 쉽게 오해하게 된다. 오해들이 쌓이면 쉽게 풀 수 있는 일도 얽히고설켜 돌이킬 수 없는 일까지 발생한다.

생각이란 것이 그렇다. 불신을 가지면 평상시 하던 일에도 의심을 가진다. 늦게 귀가하면 왜 늦게 들어올까? 어디에 갔다 오는 걸까? 누구를 만나 무엇을 했을까? 등 온갖 상상력을 동원해서 불신을 갖고, 단절된 마음으로 후회와 고통을 겪는다.

부모와 자식도 마찬가지다. 서로 깊은 대화가 없으니 마음 둘 곳이 없다. 자식은 부모가 어떤 어려움에 있는지, 부모는 자식이 어떠한 어려움에 있는지 서로가 무관심하다. 모두가 자기 할 일에 빠져있을 뿐이다.

부모는 약한 모습을 보여주지 않으려 하지만, 정확하게 집안 사정을 이야기해야 한다. 무엇이 어렵고 힘든지 자식들도 알아야 한다. 대화를 통해 마음을 하나로 연결할 수가 있다. 자식들도 역시 자기 사정을 부모에게 고백해야 한다. 부모는 자식에 대해 잘 알고 있기 때문에, 자식이 먼저 고백한다면 숨김없는 진실한 대화가 이루어질 것이다. 이러한 모습이 되면 어떤 어려운 일이 와도 지혜롭게 넘길 수 있다.

요즘은 가족 구성원이 적다 보니 몇 없는 자식들을

잘 키우고 싶어 한다. 어떻게 해야 잘 키우는 걸까? 자식이 원하는 대로 다 해주면 잘 키우는 걸까? 결코 아니다. 부족함 없이 원하는 것을 얻으며 자란 아이는 자기밖에 모르는 이기적인 사람이 될 것이다. 자식들이 많으면 서로를 배려하는 법을 배우며 크지만, 혼자 자란 아이들은 고립되어 클 수밖에 없다.

무엇인가에 중독된 아이들과 자기만 아는 아이들에게는 부모의 냉정함이 필요하다. 이렇게 자란 아이들은 자기 마음을 꺾어본 적이 없어, 사회에 나와서도 무엇이든 원하는 대로 되는 줄 안다. 하지만 세상은 그렇게 만만하지 않다. 때문에 현실에 적응하지 못하는 아이들이 된다. 부모는 자식들이 원하는 것을 들어주기 전에 먼저 그들의 마음을 꺾어줄 수 있어야 한다. 그렇게 마음을 강하게 만들어야 한다.

자식들이 무엇을 하고 무엇을 고민하고 있는지 서로가 알아야 한다. 어른들만 고통이 있는 것은 아니다. 아이들도 나름대로 고통을 가지고 있다. 어른들이 들으면 웃을지도 모르는 고통이지만, 아이들 차원에서는 그들 나름대로 큰 고민인 것이다. 어른과 아이 간에 대화가 이루어진다면 문제가 될 일은 없을 것이다.

사회를 구성하는 기본 단위인 가정에서의 출발은 무엇보다 중요하다. 마음이 통하는 법과 소통하는 법을 배워야 하기 때문이다. 마음의 세계를 배우지 못하면 한 사물을 보고도 각기 다른 생각을 가져 불신을 가질 수 있다. 불신을 갖게 되면 가정뿐 아니라 사회 전반적으로 불신 속에서 살아간다.

그래서 생각이 무서운 것이다. 불신을 가지더라도 대화만 이루어진다면 문제되지 않을 것이다. 나는 자라면서 마음 깊은 대화를 나누어보지 못했다. 혼자 생각하고 결정하는 힘든 삶을 살아야 했다. 내가 가진 어려운 일을 가족이나 가까운 친구들에게 말하지 못했다. '가족들에게 말하면 이렇게 저렇게 대답할 텐데…….' 하며 혼자 생각하여 답을 내었다. 그래서 말하지 않고 아니, 자존심이 상해서 말하지 못하는 상황 속에서 지내야 했다.

지금 보면 참 어리석었다. 자존심, 체면 이런 것들이 나를 지켜주는 데 도움이 된다고 생각을 했기에 삶이 어려웠던 것이다. 먼저 마음을 열고 다가갔다면 좋았을 것을 스스로 생각과 마음을 닫고 살아간 것이다. 마음을 열고 살면 된다는 것을 몰랐고, 그냥 단순하게 생각을 따라 살면 되는 줄 알았다.

생각은 내 것이 아니다. 생각은 내게 득이 될 것처럼 보이지만 실상은 아니다. 우리의 여러 가지 생각들에 대해 마음이 결정을 내려 준다. 그러니 마음으로 살아야 한다. 이 마음을 잘 알아야 한다. 마음의 세계를 모르면 죽는 날까지 고통과 슬픔 속에서 삶을 보낼 수밖에 없다. 내 속, 내 마음을 잘 알고 지내면 내 속에 일어나는 여러 가지 욕망과 고통을 이길 수 있다. 나를 모르면 나에게 오는 고통을 이길 수 없다. 복된 삶을 살기 위해서 자신을 정확히 알아야 한다.

고통과 어려운 삶에서의 탈출은 무엇인가.

여러 가지 이야기를 했지만 인생에서 남는 것은 수고와 고통밖에 없다. 원하는 모든 것을 가졌다 해도 마음에 만족이 없다. 가져보지 못했기에 가져보려고 애를 쓰지만, 이미 가져본 사람들은 만족이 없다는 것을 안다. 어느 것 하나 마음을 만족시키는 것은 없다.

옛말에 아흔아홉을 가진 자가 백을 채우기 위해 하나 가진 자의 것을 뺏는다는 말이 있다. 백을 채운 사람은 그것으로 끝이었을까? 아니, 더 많은 욕심을 냈을 것이다. 세상은 돌고 돈다. 우리에게 새로운 것

은 없다. 내 마음에 있는 모든 것들을 하나하나 떼어
낸다면 마음은 한결 편할 것이다. 모든 것을 내려놓
는다면 말이다. 하지만 가지지도 못할 것을 얻으려
고 염원하고 발버둥 치며 끝까지 마음에 담아두고
산다.

마음은 신비에 가깝다. 알면 알수록 내려놓고 자
연과 더불어 복된 삶을 살 수가 있다.

어릴 때에는 자식들이 부모를 믿고 이끄는 대로
잘 따라왔지만, 조금만 크면 원하는 대로 살기를 원
한다. 부모는 자식하고 같이 있기를 원하고 동행하
기를 원하는데, 자식은 아랑곳하지 않고 친구 만나
는 일이나 게임하는 일을 더 중요하게 여긴다. 부모
의 말을 무시하고 자기가 원하는 것을 하는 아이는
부모의 마음을 모르는 것이다. 내 유익을 내려놓고
부모님과 함께할 수 있는 것이 마음을 함께하는 것
이다.

자기가 원하는 것만 하려 함은 상대방이 이런 음식을 먹고 싶다고 말하는데 거침없이 싫다고 반대하는 것과 같다. 이것은 마음을 같이 하는 것이 아니다. 상대방이 이렇게 하자고 제안했을 때 수긍하고 따른다면 우리는 쉽게 하나가 될 것이다. 그런데 보통은 상대를 생각하기보다 내 편익을 먼저 생각하고, 이익이 없으면 생각조차 하지 않는다. 모두의 마음 구조는 똑같다. 입은 아니라 말하지만 마음은 똑같이 흘러간다.

삶을 살아가다 보면 잘한 것보다 못한 것만 기억에 남는다. 백 번 잘했지만 한 번 잘못하면 그것만 마음에 새겨 놓는다. 마음은 원래부터 잘못되어 있다. '사돈이 땅을 사면 배가 아프다' 는 속담처럼 남이 잘 되면 나도 모르게 시기심이 생긴다. 남이 잘 되는 것은 싫어하고 남이 못 되어야 좋아하는 마음

구조이다. 남이 나보다 부족하거나 연약한 것에서 기쁨을 느낀다.

우리는 마음의 표현을 잘 하지 못한다. 특히 실수나 허물을 감추려고만 하지, 잘못한 것은 드러내지 않으려 한다. 외국 사람들도 겉으로는 잘 표현하지만 깊은 곳에 있는 허물은 잘 드러내지 않는다. 어느 누가 실수나 허물이나 연약함을 나서서 말하려 하겠는가? 만약 말한다 하더라도 상대방이 들어도 무관할 정도의 허물일 뿐이다.

이런 마음들을 숨기고 살아야 하기에 삶이 피곤하다. 우리는 지금까지 눈에 보이는 외모 위주로 살아왔다. 외모는 얼마든지 바꿀 수 있다. 정작 바꾸어야하는 것은 외모가 아닌 마음이다. 마음이 바뀌지 않으면 아무리 변하고 싶어도 변할 수 없다. 마음을 바꾸지 않고 계속 이런 식으로 살면 모두가 힘들고 어려운 삶을 살 뿐이다.

나는 마음의 세계도 몰랐고 내 생각만 옳고 나만 똑바로 살면 된다고 생각해 왔다. 하지만 힘든 삶을 억지로 살려고 하니 어려울 수밖에 없었다. 좀 더 나은 생활을 위해 외국으로 나왔지만 인간사는 어디나 다 똑같다.

잘 산다는 것? 이는 육신의 세계가 조금 편해지는 것뿐이지, 세상은 다 똑같다. 좀 더 나은 문화수준과 편리한 사회구조를 통해 육체가 조금 편해질 뿐이지, 정신세계는 정반대다. 사회가 변할수록 육체는 편해지지만 마음은 병들어간다. 외국에 나가보면 처음에는 모든 것이 신기하고 좋아 보이지만, 정작 그 세계에 발을 들이면 똑같이 병들어 있는 사회임을 알 수 있다. 겉으로는 즐거움과 편안함을 제공하지만 속에서는 이루 말할 수 없는 일들이 벌어지고 있다. 발전한 나라일수록 본질적인 문제들이 가득하다.

마약·술 할 것 없이 육체의 쾌락을 즐기고 싶어

온갖 것들을 동원한다. 그렇게 해서 육체의 즐거움을 갖는 대신 삶을 포기한다. 대화는 많이 하지만 마음의 대화는 없다. 사람들이 안고 있는 문제들은 동서양 어디에나 다 있다.

나는 우리가 사는 세상이 여기에만 있는 줄 알았다. 이 세계는 나에게 어려움만 주었다. 그러나 보이는 세계와 보이지 않는 세계가 있다는 것을 이제 알게 되었다. 눈으로 보이지 않은 마음의 세계를 정확히 알았기에 이제 이 마음의 세계에 대해 이야기하고자 한다.

지금까지 눈에 보이는 삶을 살면서 육신과 생각을 따라 살아 왔다. 육신이 건강하고 생각이 건전하면 즉, 성실히 살아가면 언젠가는 잘될 거라는 막연한 생각으로 살아왔다. 남을 의식해야 했고, 보기 좋은 모습이어야 했고, 항상 웃어야 했다. 이런 의무감이 속마음을 검게 타들어가게 만들었다. 힘들지만 주위에서 좋은 소리를 해 줄 때마다 그것을 위안 삼고 살아왔다.

사람들은 마음에 없는 소리를 잘 했고, 나 역시 듣기 좋은 소리를 원했다. 높은 위치에 있을수록 더 좋은 소리를 듣는다. 이렇게 좋은 말을 듣기 위해 전전긍긍하면서 사람을 상대해야 하는 것이 어려웠다. 가식을 훌훌 털어버리고 살고 싶은데 잘 되지 않았다. 이런 나에게 한계가 찾아왔다. 과연 어떻게 살아야 하는 것일까?

뜻대로 되지 않는 게 인생인가 싶다. 안 되는 것은 포기하고 전처럼 생각하는 대로 살고 싶었다. 어차피 사람들이 내 속마음을 모르니, 겉으로만 잘 하면 되었다. 나를 나타내고 싶고 내가 가진 것들을 자랑하고 싶어 잘난 척하고, 그렇게 나밖에 모르는 이기적인 사람으로 변해갔다. 내 방식대로 살다보니 교만해졌고, 이익을 위해서 인정사정없이 행동했다. 이런 나에게 누가 무슨 말을 하고 참견하겠는가. 주위엔 아무도 없었다. 자신만 아는 사람들은 어떤 충고도 듣지 않는다. 내가 하는 것이 가장 옳고 내가 하는 것이 제일 낫다고 생각한다. 그런 모습으로 살다 보니 육신은 편한데 마음은 그렇지 못했다.

사람은 부족하고 실수가 많은 연약한 존재다. 그런 사람일수록 자신을 믿는다. 나를 믿고 벌인 일들이 좀 풀린다 싶으니 마음이 한없이 교만해졌다. 그러다 나의 삶은 정반대로 흘러갔다. 두 가지를 한 번에 잘할 수 없었다. 사회 일을 잘 하려다 보니 가정에 소홀해졌다. 가정은 나를 이해할 줄 알았는데 아니었던 모양이다. 그때 내가 모든 것을 잘하는 사람이 아님을 알았다.

내 유익만을 생각하며 살다 보니 삶도 건강도 말이 아니었다. 남부럽지 않은 삶이었지만, 그때 나는 많이 지쳐 있었다. 마음도, 육신도……. 아마도 마음이 힘들었기에 육체도 덩달아 힘들었던 것이 아니었을까. 그러던 어느 오후 한가한 날 공원을 산책하면서 짧은 시간이지만 지나온 시간들을 되돌아볼 수 있었다. 외국에 와서 성공했지만 성공의 기준이 무엇인지 모르겠다. 단지 나의 진정한 모습을, 근본을 찾고 싶었다.

호수 한가운데서 놀고 있는 오리 가족을 보았다. 너무 행복해 보였다. 오리 가족을 보면서 그날 많은 생각이 들었다. 오리 가족도 먹을 것을 구하기 위해 고통스러워할까? 물에 빠지지 않으려고 얼마나 오랜 시간 물속에서 발길질을 할까? 먹이는 누가 줄까? 하지만 그날 본 오리 가족은 너무나 평안해 보였다.

그 다음날 오리 먹이를 가지고 호숫가를 다시 찾았다. 먹이를 주고 숲을 산책하다 아무렇게나 자란 풀을 보았다. 어느 누구도 관심을 주지 않는 풀. 그 풀을 보고 있노라니 너무 신기했다. 저 풀은 어떻게 자랄까, 누가 물을 주고 누가 기르는 걸까 하는 생각이 들어 신기하면서 궁금했다. 닭이 먼저냐, 달걀이 먼저냐 하는 식으로 순간적으로 모든 게 궁금해졌다.

정말이지 이 먼 나라까지 잘 먹고, 잘 살아볼 생각으로 왔는데……, 풍족하기만 하면 되는 줄 알았는데……. 가지면 가질수록 마음은 복잡해졌다. 무엇인가 빠진 느낌. 마음은 항상 불안했다. 안개 속을 걷는다고나 할까? 육체가 원하는 삶을 살아도 마음은 그리 밝지가 않다.

처음 타국에 왔을 때 유학 온 한 친구가 말하기를 이곳에서는 돈이 많든지 기술이 있든지 해야 잘 살 수 있단다. 그렇지 않으면 몸으로 견디며 살아야 한단다. 나는 타국 생활 초창기 시절에 물질이 없어서 육체노동을 하면서 살았다. 처음에는 돈을 모으기보다는 먹고 살아야 하는 일이 더 중요했다.

하지만 낯선 곳에 있기에 한인들을 사귀고 싶었다. 한인들을 사귀기 위해서는 교회로 가야 한다고 했다. 난 처음부터 종교가 싫었고 부담이 되었다. 그런데 타국에 와 있는 이 시점에서는 상황이 달랐다. 타국에서 적응하고 살아가는 방법을 배울 수 있는 곳은 교회밖에 없었다. 사람을 사귀어야 하기에 꼭 가야만 했다.

막상 가보니 많은 사람들이 참 친절했다. 그곳에서 사람을 사귀고 살아갈 정보도 자연스럽게 얻었다. 그러다 살아갈 정보를 얻고 난 후 한 푼이라도 더 벌려고 뛰어다니다 보니 바빠서 교회를 자주 접하지 못했다. 바쁘다 보니 교회 사람과 멀어지고 거리감도 생겼다. 나를 도와주는 사람들이 싫어지니, 나 자신도 이상하게 생각되었다. 생활이 조금 나아졌다고 이렇게 변할 수 있을까? 지금까지 나는 의리 있는 사람이라 생각했는데, 부끄러웠다.

어느 날 머릿속에 생각 하나가 들어왔다. 저들이 말하는 하나님이 정말 존재할까? 만약에, 정말 만약에 저들이 말하는 하나님이 있다면 나는 어떡할까?

지금까지 고통스러운 삶을 살아왔기에 다시는 고통을 받고 싶지 않았다. 그들이 말하기를 죄를 짓고 가는 사후 세계는 끝없는 고통이란다. 지금 우리가 사는 곳은 유한대지만 그곳은 무한대란다. 그 소리를 듣고서 그곳을 피하고 싶었다.

많은 사람들이 그곳에 가기 싫다고 말을 하지만 행동은 그렇지 않다. 나 역시 그곳을 피하고 싶었지만 나에게는 믿음도 없었다. 단지 현실의 고통과 어려움을 피하고 싶었을 뿐이었다. 그런 나의 마음 한쪽에서 다시 무엇인가를 찾고 싶어 했다.

한두 번 다시 교회를 찾아가 보지만 아무것도 알

수가 없었다. 모든 것이 낯설고 예전과 다를 바가 없었다. 교회 사람들을 다시 사귀어 보지만 나의 이중적인 모습만 더 나타나는 것 같았다. 그들은 어떠한지 모르겠지만 나는 그들과 함께할 때면 마음속에 일어나는 모든 것을 억누르고, 싫으면서도 싫지 않은 척, 좋은 모습만 보이기 위해 위선적으로 행동해야 했다. 그들과 같이 할 때는 좋은 모습을 억지로 보이고, 헤어지고 나면 본모습으로 돌아갔다. 본모습으로 돌아간 그 시간이 좋았다. 못된 것들, 해서는 안 되는 것들을 밖으로 표출하다가 주일만 되면 겉모습만 바꾸어 교회에 갔다.

교회에 간 날은 이상하게도 마음이 뿌듯했다. 교회에 갔다 오면 괜찮은데, 모임에 나가지 못한 날은 괜히 마음이 찜찜했다. 교회에 익숙해지면서 성경도 대하고, 찬송도 불러보고, 여러 가지 행사에 참여도 해 보았다. 그러다 모든 것이 습관이 되어 버렸다.

기도라는 것도, 똑같은 말을 되풀이하는 것도 지겨웠다. 교회에 나가는 날이 많아지면서 하나님에 대한 생각도 가끔 해 보고, 여러 가지 새로운 것들을 배워 보지만 별 도움이 되지 못했다.

교회에 나가면서 어려움이 더 많이 찾아오는 것 같았다. 평소 문제가 되지 않았던 일들이 문제가 되었고, 신에 대한 생각이 너무도 복잡해졌기 때문이다. 성경을 공부하면서 정확히 이해한 것은 마음의 죄를 씻어야 한다는 것이다. 죄를 씻는다? 말도 안 되는 이야기라 여겨졌다. 살아오면서 눈에 보이는 죄를 그리 많이 짓지도 않았고 심각하게 생각하지도 않았기에, 마음의 죄를 씻는다는 것이 참 생소했다. 어떻게 씻을까? 머리가 복잡했다.

어렵고 복잡하고 힘든 삶을 피해서 여기까지 왔는데, 생각지도 않은 신을 만나 오히려 괴로웠다. 단순하게 다 포기하고 예전처럼 살아가면 좋을 텐데. 내 마음이 허락하질 않았다. 그래서 이 죄를 씻기 위해서 죄를 짓지 않고 열심히 살아가는 수밖에 없다고 마음먹었다. 그렇게 앞으로 죄를 짓지 않고 착하게 살면 되는 줄 알았는데…….

　모든 것이 혼란 그 자체다. 열심히 하면 할수록 내 위선된 모습이 보였다. 눈에 보이는 것만이 진짜인 줄 알고 내 것, 내 모습만 잘 가꾸고 똑바로 살면 된다고 생각했다. 그런 나에게 내 속의 내면세계가 자꾸 보였다. 눈에 보이는 것보다 마음에 일어나는 여러 가지 더러운 것들이 보였다. 마음에 일어나는 더러운 것들을 보면서 상상할 수 없을 정도로 마음의 고통이 더해졌다. 이 마음의 세계가 너무나도 신비스러웠다.

　세월이 흘러도 나의 모습은 변화가 없다. 세례도 받아 보고 교회 직분도 얻어 보았다. 그러면서 모든 것이 해결되었다고 생각했다. 앞으로 남을 위해 선을 베풀고 살면 나에게 복이 온다고 생각하고 나름대로 착하게 살았다. 열심히 기도하고 봉사하며 살면 되는 줄 알았다. 믿기 어려웠던 하나님도 믿기 시작했으니, 모든 것이 해결되었다고 생각했다.

어렴풋하게나마 이 자연도, 세계도 하나님의 작품인 줄 알게 되었다. 하나님에 대해 알면 알수록 나의 존재는 너무도 보잘것없는 피조물에 불과했다. 내가 하나님의 존재를 믿는다는 것은 이전에는 있을 수 없는 일이었다. 이제 하나님도 알았고 그 사랑도 조금이나마 알았기에 마음에서 하나님을 부정할 수가 없었다.

하나님을 믿고 난 이후 겉과 속이 다른 삶을 가지고 하나님 앞에 서야 했다. 그때마다 막연하지만 내가 하나님을 위해 열심히 일했기 때문에 혹은 하나님이 아실 것이기 때문에 나름대로 열심을 냈다. 지금까지는 하나님은 있어도 없어도 되는 장신구 정도로 생각을 했고, 많은 복과 돈을 벌기 위해서만 살아왔다. 그렇게 살면서 눈에 보이는 이 세계가 전부인 줄 알았다. 그래서 사는 동안 열심히 그리고 착하게 살면 되는 줄 알았다. 그러다 죽으면 그것이 인생의 끝인 줄 알았다. 그런데 죽어도 끝이 아님을 알았다.

그렇게 하나님께서는 나를 어렵게 해서라도 보이지 않는 영혼의 세계를 알려주고 싶었던 것이다. 그 어려운 삶들을 통해 하나님을 찾아 알게 하려고 이렇게 이끈 것이다. 그렇게 하나님을 알기 시작할 때에 죄를 짓지 않고, 살아오면서 지었던 죄들을 참회하면서 살려고 많은 노력을 했다.

그런데 이상한 것은 열심을 내면 낼수록 힘이 들었다는 것이다. 모든 가식과 싸우면서 마음이 편치 않았다. 마음은 그대로인데 겉모습만 바꾼다 해서 바꾸어지는 게 아니었다. 많은 종교가 우리를 바꾸

려 하지만 마음은 바꾸지 못하는 것을 보았다. 행위
를 요구할 뿐이지 우리 마음을 바꾸지는 못했다.

겉모습만 바꾸는 것은 굳이 종교가 아니라 훈련을
통해서도 가능하다. 겉모습은 마음에 한계가 오면
변한다. 겉모습은 잠시일 뿐, 기회가 주어지고 유혹
이 오면 내 속에 잠재되어 있던 것들이 나타나기 시
작한다. 내 안에 있는 마음이 바뀌어야 하는데 우리
는 마음의 세계를 모르기 때문에 마음을 바꾸려 하
지 않고 겉모습 즉, 눈에 보이는 것만을 요구하고 살
아왔다.

눈에 보이는 것들을 고치기 위해 강제성을 띤 법
을 만들고 그에 따라 생활하지만, 겉모습은 반발심
을 갖고 있기에 쉽게 다스려지지 않는다. 그냥 억누
르고 살아갈 뿐이지 근본은 바뀌지 않는 것이다.

이러한 상태가 오래 가면 돌이킬 수 없는 극단적

인 일까지 벌어진다. 예를 들면 부부간에 일어나는 일들도 서로가 마음에서부터 해결하면 좋은데, 시끄러워지는 것이 싫어 그냥 어물쩍 넘어간다. 이러한 것이 쌓이면 작은 일에도 마음이 상한다. 그러다 어떤 작은 일로 인해서가 아니라 전에 쌓였던 것들로 인해 폭발하게 된다. 그래서 서로가 마음을 열고 마음을 주고받아야 한다. 마음의 것이 쌓이면 쉽게 해결할 것도 문제가 되어 버린다.

　가족의 경우에도, 모두가 마음을 터놓고 머리를 맞대고 깊은 대화를 나누어야 한다. 깊은 대화란 마음에 안고 있는 어려운 이야기를 나누는 것이다. 사람은 보통 어려운 이야기를 잘 하지 않으려 한다. 진짜가 아닌 가짜를 믿고 생각하기에, 남이 듣기 좋은 이야기만 말하려 하고 자기 자존심에 상처가 되거나 듣기 싫은 소리는 하지 않는다. 진짜 마음에 있는 소리를 하면 문제가 없는데 머리에서 나오는 생각을 따라 이야기한다. 생각은 또 다른 생각을 낳을 뿐이다.

아이가 잘못을 저지른 후 부모에게 사실을 이야기하지 못하고 그 순간을 모면하기 위해 다른 이야기를 한다. 작은 이야기 같지만 우리 모두가 이러한 삶에 익숙해져 있다. 이런 일들을 통해 나를 정확히 알면 문제가 될 수 없다. 나를 정확히 알면 남에게 거짓말을 할 이유도 없고 자신에게도 기대를 두지도 않을 것인데, 자신을 포장하려 하기 때문에 거짓말을 시작하게 되는 것이다.

지금까지 살면서 나를 방어하기 위해, 그리고 순간순간을 모면하기 위해 거짓을 말했고 나를 위한 것이라면 생각할 여유도 없이 마음에서 거짓이 튀어나왔다. 하나님을 믿어도 변화되지 않은 내 모습에 싫증이 났다. 하나님을 믿고 교회에 나가기 때문에 죽으면 당연히 좋은 곳에 갈 수 있다고 생각했는데, 마음은 허전했다. 껍데기는 종교인이지만 마음은 예전과 똑같은 보통 사람과 다를 바 없었다.

믿음이 무엇인지도 모르고, 믿는다 생각하면서 위선적 삶을 살아간 것이다. 내 속의 죄를 씻지도 못하고 남이 볼 수 없는 마음의 말 못할 이야기들을 가지고 어떻게 좋은 곳에 간다고 말할 수 있는지……. 나를 보면 내가 아닌 것 같았다. 아닌 줄 알면서도, 스스로를 위로하고 있었다. 이 정도 하면 되었지 얼마나 더 해야 해야 하는지……. 예전처럼 열심히 살았지만 얻는 것보다 잃은 것이 많았다. 남들은 그저 하나님만 믿으면 잘된다고 하는데 나는 더 힘들었다.

의문이 생겼다. 무엇이 잘못되었는지 궁금했다. 사람들은 나에게 칭찬을 많이 하는데 왜 하나님은 그렇지 않을까? 포기하고 싶었다. 하나님을 믿는 것이 너무 힘들었다. 삶은 여유가 있지만, 마음은 힘들었다. 나를 모르니까, 나를 포장하고 나의 좋은 것만 보여주니까 그 삶이 힘들었다.

그 무렵 나는 내가 누구인지를 성경을 통해서 정확히 보았다. 성경은 내 마음을 비춰주는 거울과 똑같다. 내 마음은 온갖 것이 죄로 물든, 검은색 그 자체였다. 이것을 알고 난 후, 고통과 어려운 긴 터널을 빠져 나올 수 있었다. 고통의 긴 터널을 나와 보니 내 삶은 너무도 평온했고, 살았다는 안도감마저 들었다. 모든 것이 마음에서부터 풀렸고, 내가 누구인지를 알고 나니 고통 속에 있던 나에게 기쁨과 소망이 찾아왔다. 말 못하고 숨겨왔던 지난날들의 어려움과 고통이 모두 사라진 것이다. 그 어느 누가 나의 어려웠던 지난날을 보상해줄 수 있겠는가? 이 세상에는 없다.

내가 누구인지를 알고 나니 이 세상 모든 사람, 모든 것이 감사하고 기뻤다. 특히 평소 미워했고 저주받기를 바랐던 사람들까지도 이제는 잘되기를 바랐고, 내가 알았던 이 하나님을 소개하고 싶었다. 내 근본 모습을 찾아서 기뻤다. 전에는 나를 알지 못해 고통과 어둠 속에서 세월을 보냈다. 지금도 우리는 어두운 생활 속에 있다. 이 어두운 삶에서 벗어나야 한다. 스스로 할 수 없다 생각해도 그때 잠시 뿐, 결국은 어둠에서 벗어날 수 있다.

정확히 우리는 어두운 죄 가운데서 태어났다. 사람으로 태어났다면 누구라도 죄를 가지고 태어난 것이다. 내 속에 있는 깊은 죄 때문에 삶이 어려웠다. 나는 부족하고 연약한 사람인데 내 속에 있는 죄란 놈이 나를 부추긴다. 하면 될 거라고……. 많은 시도를 해 보았지만 뜻대로 되지 않았다. 그것은 고통 그 자체였다. 아무리 노력해도 되지 않으면 강요하지 말자. 다른 길을 열어 주어야 한다.

세상 사람들은 이런 말을 한다. '거듭나야 한다', '이대로는 안 된다'. 겉모습이 아닌 속마음이 변해야 거듭난다고 말할 수 있을 것이다. 근본 마음이 바뀔 때 비로소 우리는 거듭난 삶을 살 수가 있다.

우리는 두 개의 모습으로 살아간다. 하나는 생각을 따라서 겉모습에 치중하며 살아가는 모습이고, 다른 하나는 마음으로 살아가는 모습이다. 사람들 대부분은 전자의 모습으로 살아가고 있다. 이제는 후자의 모습으로 살아가야 할 것이다.

우리 마음은 처음부터 죄로 물든 검정색이다. 머리부터 발끝까지 다 검정색으로 물들어 있다. 물들인 옷감은 입을 때는 모르지만 빨 때 보면 색깔이 빠져 투명했던 물의 색을 바꾼다. 우리도 마찬가지로 어른이 되어가면서 죄가 튀어나온다. 죄를 짓지 않으려 애를 쓰지만 자기도 모르게 나온다. 사람마다 정도의 차이만 있을 뿐, 다 똑같다.

건물도 반드시 지은 이가 있듯, 우리를 지은 이께서 우리 마음을 지었기에 사람 마음은 똑같다. 변할 것 같지 않은 내 마음은 세월이 흐른 만큼 더 많이 굳어 있었다. 이 굳은 마음은 어느 누구에게도 쉽게 열지 못한다. 아이들은 단순해서 금방 친구를 사귀지만 어른들은 잘 어울리지 못한다. 내가 아닌 죄라는 놈이 나를 유혹하고 온갖 더럽고 추한 일로 이끌고 다녔기에 쉽게 마음을 열지 못하고 사는 것이다.

생각해 보자. 좋은 길로 가고 싶은데 나도 모르게 다른 길로 가고 있는 것이다. 죄가 나를 이끌고 가는 것이다. 이 죄란 놈은 나를 알고 나를 이긴다. 내가 이길 힘이 없다. 그래서 고통당하고 귀중한 생명을 죄란 놈한테 유린당한다. 그래서 삶이 괴로운 것이다. 예전 나의 삶이 그랬다. 내가 나를 모르니까 이 많은 죄를 감추고 살면서 아닌 척하는 것이다. 상대방 역시 겉모습만 보고 좋은 사람이라 판단했을 것이다. 모두가 속고 사는 것이다.

내가 처음에 하나님을 싫어한 것처럼 무조건 싫어

하지 말자. 성경은 우리가 어떻게 거듭나는지를 정확히 말하고 있다. 우리 모두가 고통과 슬픔밖에 없는 이곳에서 벗어나야 한다.

우리는 어려움이 오면 피하려고만 한다. 하지만 피해서 해결될 일이 아니다. 피하면 더 큰 고통을 동반한다. 당하자. 당한다는 마음을 가지면 그 어려움은 나를 피해간다. 난 나 자신을 몰랐기에 형편은 어려운데도 높은 마음 즉, 교만한 마음을 가지고 살았다. 교만한 마음은 나 자신을 괴롭혔고, 내가 원하는 욕구를 채워야 했기에 삶이 항상 불평불만으로 가득했다.

나를 알면 낮은 마음으로 살 수 있다. 낮은 마음은 삶을 살아가는 데 복을 입혀준다. 나의 삶에 평안을 가져다준다. 그러나 이 낮은 마음은 아무나 가질 수 있는 것이 아니다. 자신의 근본을 알 때 낮은 마음을 가질 수 있다. 나는 자주 나의 근본 모습을 떠올린다. 자주 근본을 떠올리는 것은 힘들지 않게 살기 위해서다. 생각을 따라 살면 끝없는 고통의 삶을 살게 된다. 육체가 원하는 삶을 살아주면 마음에 만족이 있을 것 같아도 실상은 그렇지 않다. 육체가 원하는 것을 자주 꺾어주어야 강해진다. 육체가 싫어하면 조금은 힘들겠지만, 건강하고 활기찬 삶을 살아갈 수 있다.

근본을 알고 나면 우리를 추하고 더럽게 만든 죄를 발견하게 될 것이다. 또 다른 가짜인 죄란 놈이 좋은 것으로 위장해서 나를 이끌고 하나밖에 없는 귀한 생명을 유린하고 고통스럽게 했다. 생각은 자유다. 자유는 허상이다. 그러니 마음으로 생각하고 마음으로 연결되어 살아가야 한다. 마음으로 살아가면 모든 일에 신중해진다.

나를 힘들게 하고 고통으로 몰아넣었던 이 죄는 우리 스스로 씻을 수 없다. 나를 만드신 하나님의 손

길이 필요하다. 마음 깊은 곳에 가지고 있던 죄에서 벗어나는 날 새로운 삶을 살 것이다. 불만으로 가득했던 지난 삶들과 비교할 수 없는 감사한 마음들……. 이 땅에 태어나고 숨 쉬고 살아 있는 것만으로도 모두가 감사하다. 이 마음은 아무나 가질 수 있는 것이 아니다. 또 모두가 가질 수 있는 마음이다.

전에는 내가 주인이 되어 가족 모두를 책임져야 했다. 모든 일들을 스스로 해결해야 하는데, 능력도 안 되기에 자연히 삶이 고통스러웠다. 나는 원래가 능력이 없는 자였다. 그 사실을 가리기 위해서 물질을 모아야 했던 것이다. 세상이 물질을 능력으로 표현하기에 많은 사람들이 물질의 노예가 된 것이다. 사람을 사람으로 대우하는 게 아니라 얼마나 가졌느냐에 따라 대접하는 것. 결국은 겉모습에 매달려 살아가는 것이다.

하지만 그 물질은 나를 보호할 수 없다. 물질이 나를 지켜줄 것으로 생각하지만 그것은 착각이다. 살면서 좀 부족하면 어떠한가. 가진 것이 없어 무시를 당하면 어떠한가. 마음을 낮추고 살 수 있다면 그것처럼 복된 삶이 없을 것이다. 내가 누구인지를 정확히 알면 모두가 복된 삶을 살게 될 것이다.

사람에게 상처받고 배신당하는 등 여러 가지 고통에 대해 누구에게 보상받을 수 있겠는가. 아무도 없다. 사람이 사람을 믿고 살아야 된다지만 우리는 믿었던 사람들로부터 상처를 받으며 살아왔다. 이제는 자기의 이익이 아닌 서로가 유익한 마음의 이야기를 하자. 마음의 이야기를 하다 보면 듣기 싫은 소리를 들어야 하겠지만 그 정도는 감수하고 서로가 잘 되기 위해 마음의 소리를 듣자.

마음은 모두 똑같다. 아니라고 말하지만 실상 마음은 같다. 사회의 기본 단위인 가족부터 아니, 부부부터 하나의 마음이 되기를 바란다. 마음이 하나가 된 가정은 어떤 것이라도 받아줄 수 있는 여유가 있고, 나의 이익보다 남을 먼저 생각하는 모습을 보일 수 있을 것이다. 누가 시켜서가 아니라 마음에서부터 우러나오는 것이 마음이다. 부부간에 사랑하라고 강요했다면 사랑하지 못했을 것이다. 마음에서 우러나온 마음이었으면 자연적인 사랑을 베풀 것이다.

지금 우리가 사는 세상은 너무도 이기적인 세상이 되었다. 나만 잘되면 그만이라는 식이다. 이런 마음을 가지고 있으면 서로가 고통스럽다. 고통과 어려움을 당해본 사람이라면 상대방을 이해할 것이다. 나로부터 벗어나 나를 본다면 마음에 여유를 가질 수 있을 것이다.

좁은 틀 안에 갇혀 있으면 마음은 좁아진다. 여유가 없다. 그러니 이제는 눈앞에 보이는 세계만 생각할 것이 아니라 보이지 않은 마음의 세계에 관심을 가져야 한다. 그래야 나를 알고 나의 본모습을 찾을 수 있다.

나를 모르면 가짜인 생각을 따라 인생을 허비한다. 생각은 진짜가 아니다. 생각은 생각을 낳고 상상할 수 없는 일들을 초래한다. 이제 마음의 세계를 살고 마음으로 모든 걸 대한다면 삶이 한결 가벼워질 것이다. 마음에서부터 변하지 않으면 우리는 변하지 않는다. 변하지 않는 사람은 이기적인 삶을 살 수밖에 없고, 고립된 모습으로 살 것이다. 결국 어려운 삶이 될 것이다.

마음을 바꾸어 더러운 죄에서 벗어난다면 나뿐 아니라 사회까지도 바뀔 것이다. 법을 만들어 다스린다 할지라도 마음에서 바뀌지 않으면 잠깐 가라앉을 뿐이고, 때가 되면 그 모든 것이 폭발한다. 강요나 법으로 다스려지는 게 아니다. 나부터 마음이 변한다면 그 변화는 자연적인 방향으로 갈 것이다.

삶은 수고와 슬픔의 연속일 것이다. 인생을 다 사는 그날까지 말이다. 그러니 나를 정확히 알아야 한다. 그러면 주위 어려움이 나를 강하게 만들고 또 그 어려움들이 나를 피하여 갈 것이다. 마음을 낮추어서 살면 주위에 있는 사람도 복을 입는다. 나를 아는 데서부터 마음은 낮아질 것이다.

너무 연약하고 보잘것없는 인생이다. 겉모습은 값으로 계산하면 가치가 없다. 이러한 모든 것을 구체적으로 알기 전에도 삶은 괴로웠다. 모든 짐을 지고 살아야 한다는 생각 때문이었다. 실은 생각일 뿐인데 말이다. 지금은 말할 수 있다. 하나님을 알고 나서 나에 대해 정확히 알 수 있었다. 큰 건물을 보면서 겉모습만 대충 알고 건물 속은 정확히 알지 못하고 있다가, 설계도면을 보고 건물을 지은 사람에게 이야기를 들었을 때 비로소 알 수 있듯, 우리의 모습도 그렇다.

나의 삶은 완전히 달라졌다. 전에는 백성 없는 왕의 마음으로 살아가면서 교만과 욕심으로 살아왔다. 욕심이 많았던 만큼 고통을 당하고 살았던 내가 변화할 수 있었던 것은 하나님을 만났기 때문이다. 고통에서 벗어나 변할 수 있었던 이러한 모습을 다른 이들에게도 전해주고 싶고, 어려운 삶 속에 있는 모든 이가 나와 같은 복된 삶을 살았으면 한다.

모두가 앞만 보고 자신의 이익만을 위해서 살아왔다. 이제는 지나온 시절을 통해 앞으로 다가올 미래를 생각해 봐야 한다. 사람들은 현실의 어려움과 현재 일어나는 일들에만 관심을 가질 뿐이지, 어느 누구도 자신의 진짜 모습은 찾으려 하지 않는다. 나를 발견할 때 비로소 나를 억누르고 힘들게 하는 것들에게서 벗어날 수 있다.

스스로는 벗어나기 힘들다. 고통에서 벗어나고 싶어도 내가 누구인지를 모르기에 무엇에서 어떻게 벗어나야 하는지를 모르는 것이다. 사람 마음은 다 똑같다. 단지 겉으로 나타나는 것이 조금씩 다를 뿐이지, 마음에 간직하고 있는 것은 똑같다. 많이 배우고 가졌다 해서 다른 게 아니다. 어떤 형편과 환경이 주어지면 모두 다 똑같은 모습으로 변한다. 그래서 나를 알면 남이 잘못한 일에 대해서 손가락질을 할 수 없다.

사람에게 일어나는 욕구는 누가 통제하는가? 마음에 일어나는 욕구를 채우다 보면 그만큼 고통이 따른다. 욕구는 우리 능력을 항상 앞서 간다. 그래서 욕구를 채울 수가 없다. 평상시에는 잘 모르지만 조금이라도 여유가 생기면 자신도 모르게 사고 싶은 것들이 속마음에서 끝없이 생겨난다. 그 욕구들을 모두 채워줄 수 없다. 이것을 알면 욕구에서 벗어날 수 있을 텐데, 이 사실을 모른다.

　가진 것이 없거나 욕구를 절제하면 육체는 불편하고 힘들겠지만 건강을 얻을 수 있다. 많은 사람들이 말하는 행복, 욕구를 채우는 것에서 느끼는 행복은 금세 사라지는 행복이다.

　먹을 것, 입을 것 모두가 부족했던 시절이 있었다. 그때는 물질이 넉넉하면 행복해진다고 알았다. 그런데 지금 우리는 어떠한가? 모든 것이 풍족하지만, 마음에서 느끼고 살아야 할 행복은 없어졌다. 물질에 관심을 가지고 사는 동안 마음의 행복은 말라 버렸다. 남보다 더 많은 것을 가지면 행복할 거라 생각했지만, 결국은 이 생각이 불행을 만들었고, 마음을 나누지 못하고 많은 사람들이 고립된 생활을 하고 있다. 고립된 세계를 살다 보면 쉽게 마음을 열지 못한다. 마음을 열지 못하면 연약해지고 상상만 하면서 살아간다.

그 상상은 어두움 자체다. 어두운 삶을 살다 보면 마음에 소망이 없어지고, 소망 없는 삶은 우리를 무기력하게 만든다. 마음에 일어나는 욕구를 이루었을 때 느끼는 감정을 사람들은 행복이라 한다. 그렇게 행복을 느끼다 다른 욕구가 오면 또 채우기 위해 자기에게 있는 능력을 개발하지만, 그 능력이 하루아침에 이루어지는 것이 아니기에 심한 고통을 당하며 산다. 욕구의 근본을 알면 능력이 따라갈 수 없다는 것을 알 텐데, 사람들은 여전히 욕구를 채울 때 행복하다고 느낀다.

욕구가 일어날 때 절제할 수 있는 사람이 행복을 느낄 수 있다. 그래서 어릴 때부터 절제할 수 있는 힘을 길러주어야 한다. 난 어릴 때부터 원하는 것을 부모님이 거의 다 들어주셨기에 항상 행복하다고 느끼며 살았다. 그러나 결과적으로 욕구만 커진 것이다. 부모님도 나의 이 커진 욕구를 채울 수 없었다.

욕구를 채우지 못한 나는 심한 갈증을 느껴야 했고, 마음에서부터 서운함과 미움으로 모두에게 마음을 닫아 버렸다.

이처럼 가진 것이 많아지면 욕구는 말할 수 없을 정도로 커지고 절제하는 힘이 사라진다. 가난할 때는 욕구가 적었다. 모든 게 부족하고 삶이 힘들어도 마음만은 행복했다. 예전 모든 것이 부족했던 시절, 우리 동네에 텔레비전이 등장하기 시작했을 때 신기한 마음에 모두가 갖고 싶어 했다. 그렇게 갖고 싶어 했던 것을 가져보니 만족감은 잠깐이고, 또 다른 것을 원하고 있었다.

부모들은 아이들이 말하기가 무섭게 원하는 것을 다 들어주지만 분명히 한계는 있다. 부모가 원하는 것을 들어줄수록 아이들의 욕구는 커져만 간다. 그 욕구를 따라갈 수 없기에 아이들에게 결국 욕구불만이 생긴다. 그 욕구불만을 절제할 수 없기에 어려움을 당하고, 다른 방향으로 욕구를 풀기 위해 문제를 일으킨다. 결국 절제하지 못하고 어려움 속에 살아가는 결과를 초래한 것이다.

마음에 일어나는 욕구를 무엇으로 이기겠는가?

우리에게는 절제할 힘이 없다. 주위에 일어나는 범죄들을 무엇으로 막겠는가? 법으로 억누르지만 한계가 있다. 잠깐 숨 고르기를 하고 있을 뿐 때가 되면 다시 터져 문제가 된다. 끊이지 않고 일어나는 성범죄, 학교폭력 등, 이미 절제할 힘을 잃었다.

우리는 알면서도 유혹에 이끌려 간다. 힘이 없기에 이끌려가는 것이다. 그러므로 어릴 때부터 절제할 수 있는 힘을 부모가 길러주어야 한다. 크고 많은 걸 원하는 아이들에게 단호하게 안 된다고 말하고 그 마음을 한 번씩 꺾어주어야 한다. 아이들에게 왜 안 되는지에 대해 냉정히 생각해 보게 하고, 절제의 마음을 강하게 만들기 위해서다.

　약한 마음을 가진 아이일수록 원하는 게 이루어지지 않으면 쉽게 마음을 닫아버린다. 마음에 상처를 입고서 겉모습은 아무 일 없는 것처럼 살지만, 생각 속에 상상의 나래를 펼치면서 모두에게 마음을 열지 못하고 결국은 돌이킬 수 없는 곳까지 가게 된다. 이런 사람들은 어느 누구와도 마음을 나눌 수 없기에, 혼자 산다는 느낌을 가지고 사는 것이다.

　우리 모두는 마음이 연약한 자로 태어났기에 부모가 절제할 수 있는 힘을 키워주어야 한다. 마음이 약한 우리는 쉽게 상처받고 깨진다. 이러한 사람은 싫은 소리도 참아내지 못한다. 자기에게 조금이라도 해를 주면 그 사람을 미워하고 싫어한다. 이런 마음의 사람에게는 어떤 말도 해 주지 못한다. 행복을 담을 만한 그릇이 없다. 마음이 연약해서 쉽게 깨져 버리기 때문이다. 마음이 강해야 행복할 수 있다. 마음이 강하지 못하면 어떤 말도 담아둘 수 없기 때문이다.

부부간에 서로 맞지 않은 일이 있을 때, 싫은 소리를 하면 마음이 약한 자는 상대방의 진심을 모르고 말에 매여서 이상한 방향으로 생각을 한다. 그것들이 쌓이고 쌓이면 훗날에는 돌이킬 수 없는 일까지 벌어진다. 반면 마음이 강한 자는 어떠한 이야기도 받아들일 수 있고 지혜롭게 마음의 이야기를 할 수 있을 것이다. 이야기를 나눌 때 무슨 말이든 터놓고 말할 수 있을 것이다. 그러다 보면 허물 실수를 말할 때에 서로가 오해하지 않고 아픈 상처를 감싸줄 수 있다. 부부 서로가 마음의 이야기를 나눌 때 마음이 강해질 수 있다.

마음이 약할 때 오는 병이 있다. 우울증이다. 우울증을 겪는 사람들은 치료를 해도 잘 극복하지 못한다. 마음을 터놓고 이야기할 상대가 없다. 주위에 몇몇 사람들이 있지만 이 사람들에게마저 마음의 상처를 입으면 스스로 고립되어 마음을 열지 않고 가짜인 생각을 통해서 귀한 생명까지 포기하는 극단적인 결과를 낳는다. 우울증을 극복하기 위해서는 가족 모두가 마음을 열고 대화를 나누며 서로 어려운 일을 해결하는 자세가 필요하다.

약한 마음은 유혹이 오면 쉽게 이끌려간다. 약한 마음으로 인해 자신을 지키려고 무엇이든지 하는 사람이 많다. 모든 범죄들이 연약한 마음에서 생기는 것이다. 연약한 마음을 가지고는 범죄에서 벗어날 길이 없다. 마음에서 준비가 되지 않은 우리는 스스로를 지켜보려 애쓰고 있음에도 불구하고 유혹이 오면 오는 대로 무엇에 이끌려 사는 사람처럼 힘없이 이끌려 다닌다.

결과를 보고 나서 후회하고 다짐을 하지만 또 유혹이 오면 실수를 반복한다. 사람마다 연초가 되면 새로이 각오하고 계획을 세우지만 실천은 쉽지 않다.

우리는 처음부터가 안 되는 사람들인데 그것을 모르고 힘들어하고 괴로워한다는 것이다. 나 역시 당사자가 아니기에 쉽게 말할 수 있는 것이지, 그런 환경이 닥치면 다른 사람들과 똑같이 행동할 것이다.

나를 정확히 알면 문제될 것이 없고, 문제가 온다 할지라도 그 문제에서 벗어날 수 있을 것이다. 모든 문제는 나를 모르는 데서부터 오기 때문에 고통을 당하고 사는 것이다. 나를 정확히 알았다면 내 마음에 일어나는 욕구도 절제할 수 있을 것이다.

자신이 누구인지를 모르기에 무조건 하면 될 것처럼 생각하지만, 모두에게 한계가 있다. 그 한계는 우리 모두가 도토리 키재기일 것이다. 어떤 한부분에 대해 좀 더 알고 있을 뿐이지, 나보다 나은 사람을 만나면 입을 다물 것이다. 우리는 모두가 자기 자신에게는 높은 점수를 주고 살아간다. 스스로는 높은 점수를 주지만 실제로 자신의 점수는 얼마 되지 않는다. 이는 자기를 정확히 모르기 때문에 일어나는 현상이다.

특히 가족의 경우, 부모들도 자기를 정확히 파악을 못하고 있으면서 자신이 하지 못한 일들을 자식들에게 요구하며 살아가고 있다. 자식에게 요구하기 전에 부모는 먼저 자식이 가지고 있는 재능을 파악하고 그들이 살아가는데 필요한 절제할 수 있는 힘을 길러주어야 한다. 아이들이 우는 것은 스스로 절제가 안 되기에 나를 절제해 달라는 표현이란다.

요즘 아이들의 욕구가 상상을 못할 정도로 커져 있다. 그들의 욕구를 누가 충족시켜 줄 수 있겠는가? 원하는 것을 다 채워주어도 끝없이 요구할 뿐이고, 그럴수록 마음의 세계는 메말라 간다. 그 욕구를 들어주지 못하면서 생긴 욕구불만이 자라면서 점차 밖으로 표현된다.

노력해서 모으는 것보다 한탕주의가 사람들 마음에 자리하고 있다. 물질이면 다 되는 세상으로 변질되고 있다. 내가 사는 이곳에서도 많은 사람들이 복권을 산다. 당첨이 된 사람들은 하나같이 행복할 줄 알았는데 결과는 반대인 모습을 볼 수 있었다.

가져야만 행복을 느끼고 살아갈 수 있다고 생각한다. 정말 그럴까? 한 예로 운전면허가 없을 때 운전면허증을 가지면 너무들 기뻐한다. 하지만 그 좋았던 운전면허증으로 인해 교통사고가 생긴다고 생각하면 그리 기뻐할 일은 아니다. 모든 경우가 그렇듯이 나를 위해주고 행복하게 해줄 것 같던 것들이 나를 불행하게 만드는 것이다.

과거 힘들었던 시절을 떠올려보자. 먹을 것이 귀할 때, 쌀 한 봉지가 고맙고 연탄 한 장이 고마울 때였다. 하지만 모두의 삶이 건강했다. 그런데 지금은 어떠한가? 너무 잘 먹어서 고통스럽고 생각지도 못한 병들과 싸우며 지내고 있는 것이다. 물질을 얻고 잘 살면 되는 줄 알았는데 그렇지 못하다.

행복을 느끼면서 경제가 성장해야 하는데 우리는 마음의 행복을 느낄 여유도 없이 급성장을 했다. 학자들은 국민들이 느끼는 행복과 사회 성장의 관계를 나타내는 그래프에서 막대가 45° 경사로 완만하게 형성되어야 한다고 말한다. 그런데 우리나라는 그래프 막대가 수직에 가까워 경제협력개발기구(OECD) 국가 중 국민이 느끼는 행복 지수가 하위에 속한다.

욕구를 채우려면 정신없이 벌어들여야 한다. 나역시 성공하고 싶어 외국에 나왔고 빨리 큰돈을 벌고 싶었다. 그렇게 향한 미국에서 알게 된 사실 중하나는 미국에서 살고 있는 한국인과 중국인의 사고 방식이 다르다는 것이었다. 한국인은 먼저 물질을 벌어야 한다고 생각하고 거기에 집중하기 때문에 처음에는 앞서가는 것처럼 보인다.

반면 중국인은 그렇지 않았다. 그들은 먼저 그 나라 말부터 배우고 출발한다. 처음에는 성장 속도가 느린 것 같지만 결과는 달랐다. 우리는 물질을 모으다 어느 정점에 오르면 거기서 끝이고 더는 발전이 없었다. 그러나 중국인은 달랐다. 그들은 전 세계 사람들을 상대로 했기에 발전할 수밖에 없었다. 우리는 적은 물질로 바쁘게 보내면서 자신을 돌아볼 겨를도 없이 살아, 결국 아픔만 남게 되는 것이었다. 그러다 보니 가족들의 마음에도 벽이 쌓이고, 이제 겨우 살만하게 되었는데도 더 메마르고 고립된 세상이 되어있는 것이다.

자신만 아는 삶과 나를 지키려는 이러한 모든 것이 우리를 더욱 어렵게 만들고 있다. 잘 살면 행복할 줄 알았는데 마음은 폐허가 되고 어디론가 꼭꼭 숨어 버렸다. 무엇이 마음의 세계인지도 모른다. 모두가 기계처럼 되어있다. 안타까운 현실이 되어가고 있다.

마음에 여유도, 소망도 없이 그저 눈앞에 보이는 이익만을 위해 살아가는 모습들이 안타깝다.

이 마음의 세계를 알고, 굳게 닫힌 마음들을 부드럽고 강하게 만들 수 있으면 좋겠다. 이 굳은 마음을 우리가 알면 삶은 한결 가벼워진다. 마음은 처음부터 어두움이 아니었다. 빛 가운데에 오직 평안뿐인 마음이었다. 어려움도 고통도 몰랐다. 이런 마음이 언제부터인가 변질되었다. 우리는 변질된 마음이 원래 것이라 믿고 마음이 일어나는 대로 살고 있는 것이다. 변질된 마음에 이끌려 다니면서 고통의 삶을 살고 있는 것이다.

사회에 일어나는 모든 문제들을 고쳐야 한다는 것을 알지만, 속수무책이다. 이것은 법으로 다스리고 억누른다고 해서 되는 일이 아니다. 속에 일어나는 모든 것들을 주체할 수 없다. 억누르고 살다가는 결국 폭발한다. 모두가 자신의 이익을 위해서 살고, 이익이 없으면 쳐다보지도 않는다.

마음의 깊이에 따라 조금은 다르겠지만, 마음의
세계는 결국 똑같다. 겉모습과 행동은 다를지라도
마음에 일어나는 갖가지 더러운 것을 보면 사람처럼
추하고 더러운 것도 없다. 우리 속에 일어나는 온갖
탐욕을 관찰해보면 부끄러워 말할 수 없을 것이다.
상상할 수 없을 정도로 많은 욕구가 일어나고 있다.

음란한 마음이나 도박에 빠지는 마음은 원하든 원
하지 않든 시작하면 미처 빠져나오질 못한다. 마음에
서 일어나는 일을 무엇으로 막겠는가? 막을 길이 없
다. 그래서 마음을 바꾸어야 한다. 많은 인생들이 고
통 받는 삶을 사는 것은 마음의 세계를 모르고, 자신
을 정확히 모르기에 쉽게 삶을 포기하기 때문이다.

근본 마음은 노력해서 바뀌는 것도 아니다. 법으
로 누른다고 되는 것도 아니다. 마음을 조금만 바꾸

면 행복은 나에게서 찾을 수 있다. 어떤 형편이나 조건을 갖추어서가 아니다. 이제는 겉모습에서 눈을 돌려 속마음을 바라보아야 한다. 마음의 세계로 관심을 가져야 한다. 겉모습은 언제든지 변한다. 변하는 곳에서는 진정한 행복도 없다. 마음속에 무엇이 있으며, 가지고 있는 것이 진짜 내 마음인지 생각해야 할 것이다.

어린아이들의 투정하고 욕심 부리는 모습을 자주 본다. 부모가 가르쳐주지 않았지만 아이들은 자라면서 못된 짓을 많이 한다. 그러나 아이들은 그것이 못된 짓인지 잘 모른다. 자라면서 부모나 주위 사람들로부터 이야기를 들으면서 해서는 안 된다는 것을 알아간다. 알지만 절제할 힘이 없다. 그냥 자연스럽게 마음을 누르고 살아간다. 그냥 당연하다고 생각하고 살아가는 것이다.

우리가 가지고 살아가는 이 마음은 내 것이 아니다. 그렇기에 우리는 무언가에 이끌려 사는 것이다. 조금만 생각해 보자. 사람은 누구나 살면서 욕먹지 않고, 좋은 일만 하고 싶은데, 마음대로 잘 되지 않는다. 나 또한 독자로 태어나서 부모의 사랑을 많이 받고 살았기에 부모에게 잘하고 싶었다. 좋은 아들로 남고 싶었다. 하지만 철없이 살아갈 때는 부모 속을 참 많이 썩이고 살았다.

부모님이 원하는 삶을 살고 싶었지만 잘 되지 않았다. 부모가 원하는 게 무엇이 있겠는가? 모든 부모는 자기들이 겪었던 어려운 부분들을 잘 알고 있기에 자식들이 고생하지 않도록 그 길을 가지 않길 바라는 것인데, 우리는 정반대의 길을 가려 한다. 공부하기 싫어하고, 사고를 저지르는 등 잘못된 길을 가고 있다.

한번은 부모의 마음을 헤아려 마음먹고 공부하려

하는데 담장 너머로 친구가 부르는 것이었다. 나가기 싫었는데 순간 갈등을 느낀다. 나가지 않고 좋은 아들로 남고 싶었는데, 결국은 부모님이 싫어하시는 거짓말을 해가면서 친구들과 어울려 놀고 있는 것이다. 나도 모르게 이끌려 다니는 것이다.

마음에 일어나는 욕구를 채우는 일이나 남에게 해를 끼치는 일들을 하고 다니는 것이다. 가끔 후회하고 다시 다짐을 하지만 그때뿐이다. 일찍 나를 알았다면 모두가 행복했을 텐데 말이다. 처음부터 잘못된 마음을 가지고 태어났기에 그 마음을 가지고 살면 고통 자체인 것이다. 그러므로 잘못된 마음을 바꾸어야 한다. 그 마음은 죄라는 것에 물들어 있다. 죄로 물들어 있기에 계속해서 나온다. 그 죄가 행동으로 나타나는 것이 바로 범죄라 말할 수 있는 것들이다.

죄는 노력한다고 해서 나타나지 않는 게 아니다. 때가 되면 나타난다. 이 죄가 나를 추하게 만들고 나를 더러운 곳으로 이끈다. 우리에게는 이러한 죄를 이길만한 힘이 없다. 미워하는 마음을 넣어주면 미워하고, 싫어하는 마음을 넣어주면 싫어하는, 내 의지와 상관없이 고달픈 삶을 사는 것이다. 죄를 가진 이 마음을 버려야 한다.

나는 내 것이 아니다. 그래서 나를 믿어서는 안 된다. 나를 믿으면 실수하게 된다. 마음을 변화시키기 위해서는 믿음이 필요하다. 믿음은 신뢰다. 하지만 우리는 사람을 쉽게 믿지 못한다. 그동안 많은 불신에 빠지고 상처를 입었기 때문이다. 가정에서부터 마음을 터놓고 서로 믿음을 가지고 대화하는 것부터 시작한다면 이 모든 어려움이 해소될 것이다.

우리에게 무엇이 필요한지 스스로 잘 알고 있다. 그러나 아는 것만으로 끝이 아니다. 마음에 변화를 가질 때 우리는 어두운 터널을 빠져나올 수 있다. 🐟